MW00914607

Martin Suter

Allmen und die Erotik

ROMAN

Diogenes

Covermotiv: Illustration von Christoph Niemann

Für Toni

www.diogenes.ch
600/44/18/1
ISBN 978 3 257 07033 0

Erster Teil

1

»Wissen Sie überhaupt, wer ich bin?«

»Wissen Sie es?« Der Mann sah ihn mit spöttischem Lächeln an. Ein wenig von oben herab, denn er war einen halben Kopf größer als Allmen.

Das einzige Licht in der leeren Bibliothek stammte von ein paar Lampen neben den ledernen Lesesesseln und zwei auf Vitrinen gerichteten Spots. Durch die Tür drang ganz schwach das Gläserklirren und Gemurmel der Gäste der literarischen Gesellschaft Sternwald, die zu ihrer monatlichen Lesung geladen hatte.

Der Mann war im schwachen Licht kaum auszumachen. Er war gekleidet wie ein Bodyguard: schwarzer Anzug, weißes Hemd, schwarze Krawatte. Sein kurzgeschorenes Haar hatte auf den ersten Blick blond ausgesehen, aber es war wohl grau. Seine dichten Augenbrauen waren noch schwarz und sorgfältig getrimmt.

Allmen wandte sich gelangweilt ab und machte zwei Schritte auf die Tür zu.

Der Mann, jetzt ein bisschen lauter: »Ich weiß genau, wer Sie sind. Sie sind der hier.«

Allmen wandte sich um. Der Mann hielt ihm den Bildschirm eines Smartphones entgegen. Allmen sah, dass darauf ein Video lief, konnte aber keine Details erkennen. Der Mann wartete einen Moment, und als Allmen keine Anstalten machte, näher zu treten, kam er auf ihn zu.

Das Video zeigte Allmen. Er trug den mitternachtsblauen Anzug, den er gerade anhatte, und auch die silberne Krawatte. Und er befand sich in einer Bibliothek voller Vitrinen, die zwischen den Bücherregalen eingelassen waren.

In ebenjener Bibliothek, in der er sich in diesem Augenblick befand.

Allmen hob den Blick vom Display und sah in das noch immer spöttische Gesicht des Fremden. Dieser nickte ihm aufmunternd zu. Allmen blickte wieder auf den kleinen Bildschirm.

Er sah sich langsam die Bücherregale entlanggehen und vor einer der Vitrinen stehen bleiben. Er sah, wie er sich umschaute und einen Moment lang direkt in das Objektiv blickte.

Und er sah, wie er sein kleines Taschenmesser aus der Hosentasche nahm, die Klinge herausklappte, sie in den Spalt schob, wo die beiden Flügel, knapp über dem Schloss, zusammenfanden, und den rechten Flügel so weit herauszwängte, bis er ihn fassen konnte.

Noch einmal blickte er über die Schulter, noch einmal sah er direkt ins Objektiv, ohne den zu bemerken, der ihn filmte. Dann zog er. Der Flügel leistete ein wenig Widerstand, nahm den linken ein paar Zentimeter mit, bis der Riegel aus seinem Fach sprang. Allmen glaubte, aus dem kleinen Lautsprecher des Smartphones das metallische Geräusch zu hören, das dabei entstanden war.

Nun sah er, wie er mit einem gezielten Griff einen Gegenstand aus der Vitrine nahm, ihn in die Hosentasche steckte, die beiden Glasflügel wieder so zusammenfügte, dass sie sich schließen ließen, sein Einstecktuch mit einem geübten Griff herauszog und damit über die Stellen der Vitrine wischte, die er berührt hatte.

Der Mann schaltete das Smartphone aus und steckte es in die Brusttasche.

Mit allem, was Allmen noch an Überheblichkeit aufbrachte, sagte er: »Ich kann das erklären. Ich bin Kunstexperte.«

2

Johann Friedrich von Allmen, der auf das »von« gerne verzichtete, um diesem mehr Gewicht zu geben, befand sich auf einer Durststrecke.

Bei seinem letzten Fall ging es um die Rettung seiner Mitarbeiterin María und nicht um ein Honorar. Und bei seinem vorletzten Fall hatte er in einer bei ihm keineswegs seltenen Anwandlung von übertriebener Großzügigkeit auf ein solches verzichtet. Nun war es aber nicht so, dass bei ihm Großzügigkeit anderen gegenüber die Großzügigkeit sich selbst gegenüber beeinträchtigte. Allmen war es seit vielen Jahren gewohnt, Geld unabhängig davon auszugeben, ob er welches besaß oder nicht.

Eine Zeitlang half ihm sein treuer Diener, Carlos, den er fairerweise längst als Geschäftspartner bezeichnen musste, aus der Patsche. Carlos, dessen Umgang mit Geld von seiner Vergangenheit als Schuhputzer und papierloser Einwanderer geprägt war, hatte in der Zeit ihrer gemeinsamen Tätigkeit als Wiederbeschaffer abhandengekommener Kunst einen schönen Batzen beiseitegeschafft und ließ Allmen in den immer wiederkehrenden Zeiten finanzieller Engpässe daran teilhaben. Bis der Punkt erreicht war, an dem es Allmen unangenehm wurde, von der Freigebigkeit Carlos' abhängig zu sein. In der Regel dauerte es eine ganze Weile, bis dieser Punkt erreicht war. Und wenn es dann so weit war, ließ sich Allmen noch einmal ein wenig Zeit, um etwas dagegen zu unternehmen.

Der kleine Abstecher in die Bibliothek der literarischen Gesellschaft Sternwald war die Maßnahme gewesen, die er zu ergreifen beschlossen hatte.

Die Gesellschaft hatte vor drei Jahren ihr zweihundertjähriges Jubiläum gefeiert und schwamm im Geld. Ihre Gründerväter hatten damals die Eingebung gehabt, das Haus, in welchem die literarische Gesellschaft eingemietet war, zu kaufen, als der Besitzer in finanzielle Widrigkeiten geriet. Das Gebäude stand in bester Passantenlage in der Einkaufsmeile der Stadt und beherbergte seit über hundert Jahren im Parterre und im Mezzanin deren elegantestes Modehaus. In der ersten Etage befanden sich die herrschaftlichen Räume der literarischen Gesellschaft Sternwald, in den beiden darüber die Kontore einer alteingesessenen Anwaltskanzlei.

Die Mieteinnahmen der Liegenschaft erlaubten nicht nur einen symbolisch niedrigen Mitgliederbeitrag und eine exklusive bibliophile Büchersammlung, sondern auch die Anschaffung von Kunstgegenständen, die keinen direkten Bezug zur Literatur hatten. Wie zum Beispiel ein Mini-Fabergé-Ei, das zwar nicht zu den aufregendsten Werken des Hauses gehörte, aber bei einer Auktion mit etwas Hammerglück einen sechsstelligen Betrag erzielen könnte. Oder bei einem diskreten Zwischenhändler aus Allmens Bekanntenkreis einen fünfstelligen.

Allmen war Mitglied der literarischen Gesellschaft Sternwald, nicht nur, weil man als Teil der besseren Gesellschaft der Stadt aus Tradition dabei war, sondern weil er tatsächlich an Literatur interessiert war. Allmen war ein passionierter Allesleser.

Er war nicht nur Mitglied, er gehörte sogar der Anschaffungskommission an, was ihm nicht nur ungehindert Zugang zu den Räumlichkeiten verschaffte, sondern ihn auch über jeden Verdacht erhaben machte.

Dennoch war ihm der Entschluss, seine Durststrecke auf diese Weise zu überbrücken, alles andere als leichtgefallen.

3

»Ich weiß, dass Sie was von Kunst verstehen, Herr von Allmen. Und eine Erklärung brauche ich nicht, ich weiß, dass Sie diese Dinge tun. Und auch, weshalb. Aber Herr Steinthaler ist möglicherweise nicht so auf dem Laufenden, ihm schulden Sie wohl eine Erklärung.«

Ludwig Steinthaler war der langjährige Präsident der literarischen Gesellschaft. Ein hochanständiger Herr, dem Allmen auf keinen Fall diesen Teil der Wahrheit über sich zumuten wollte. Selbst wenn er nur einen unbedeutenden Teil seiner Persönlichkeit ausmachte.

»Der Vorgang ist selbstverständlich mit Herrn Steinthaler abgesprochen. Es handelt sich um einen Test im Rahmen unseres Sicherheits-Updates. Da sind Nachbesserungen nötig, wie Sie selbst festgestellt haben dürften.«

»Seltsam, genau zu diesem Zweck hat mich Herr Steinthaler engagiert.«

Der Mann griff in die Hosentasche, brachte eine Notenklammer zum Vorschein, klaubte zwischen den Banknoten eine Visitenkarte hervor und reichte sie Allmen. »Allsecur« lautete das Logo, das in Rot über die ganze Breite der Karte lief. Darunter stand »Security Systems« und über der Adresse »Wilhelm ›Bill‹ Krähenbühler, Managing Partner«.

»Typisch Steinthaler«, lachte Allmen, »doppelt genäht hält besser.«

Krähenbühler ließ das spöttische Lächeln auf seinem Gesicht erlöschen. »Wollen wir rübergehen?«

»Rüber« war der große Salon, in dem die Lesung von Katja Feldmann stattgefunden hatte und in dem jetzt die Gäste ein kleines Flying Dinner einnahmen.

Die Bibliothek besaß zwei Türen. Die eine führte in den besagten Raum, die andere durch zwei Leseräume zum Hinterausgang der Etage, von der aus eine Treppe zum Hinterausgang des Gebäudes führte.

Aber Krähenbühler schien diesen zweiten Ausgang zu kennen, ging im Halbkreis um Allmen herum und versperrte ihm den Weg.

Wortlos streckte er die Hand aus.

Allmen zögerte, nahm dann das Fabergé-Ei aus der Hosentasche und händigte es aus. »Sie werden sehen, alles klärt sich auf.« Er straffte die Schultern und gab sich Mühe, nicht allzu gottergeben auszusehen, während Krähenbühler ihn zum großen Salon geleitete.

Als sie die hohe Flügeltür erreichten und der Sicherheitsmann die Hand nach der Türklinke ausstreckte, sagte Allmen: »Können wir das nicht diskreter handhaben?«

Krähenbühler sah ihn mit seinem süffisanten Lächeln an. »Aus Sicherheitsgründen?«, fragte er. Dann öffnete er die Tür.

Die Zuhörer standen in Grüppchen auf der freien Fläche zwischen den leeren Stuhlreihen und der Bühne mit dem Tisch und dem unberührten Glas Wasser. Ein paar Kellner mit Tabletts voller Getränke oder Fingerfood standen herum und warteten auf Abnehmer. Ein weißhaariger Mann mit randloser Brille überragte das kleine Grüppchen, mit dem er sich angeregt unterhielt. Steinthaler, der Präsident, mit Katja Feldmann, der Autorin und dem Star des Abends, und ein paar Bewunderern.

Allmen ließ sich widerstandslos zur Schlachtbank führen, in Gedanken weit in der Zukunft, in der diese Episode nur noch eine vage, unangenehme Erinnerung sein würde.

Das war ein Trick, den er schon als kleiner Junge entdeckt hatte: die Gegenwart überspringen. Er wusste aus Erfahrung, dass alles vorbeiging, das Angenehme wie das Unangenehme. Beim Angenehmen konzentrierte er sich auf die Gegenwart, beim Unangenehmen auf die Zukunft.

Er war in seiner Jugend ein leidlich guter Skifahrer gewesen und eine Zeitlang mit mäßigem Erfolg Rennen gefahren. Jedes Mal, wenn er stürzte, hatte er im Sturz an das nächste Rennen gedacht und so den Sturz, noch während er stattfand, in die Vergangenheit verdrängt.

So verfuhr er jetzt auch bei der Konfrontation mit Steinthaler.

Krähenbühler wartete höflich auf eine Lücke in der Konversation der Gruppe, bis Steinthaler sich an ihn und Allmen wandte: »Ach, ich sehe, Sie haben unseren Literaturexperten kennengelernt.«

»Ja, eine spannende Begegnung«, erwiderte Krähenbühler. »Wir scheinen dieselben Interessen zu haben.«

»Ach, ich wusste nicht, dass Sie ein Freund der Literatur sind, Herr Krähenbühler.«

»Nein, nein, ich meine Herrn von Allmens Expertise in Fragen der Sicherung von Kunstgegenständen.«

Steinthaler sah Allmen überrascht an. »Ich dachte, lieber John, du lebst davon, dass die Leute ihre Kunstgegenstände nicht sichern.«

Allmen lachte. Dann brachte er die Geistesgegenwart auf zu sagen: »Ich schlage vor, wir besprechen die Sache in deinem Büro, lieber Ludwig.«

Steinthaler schien ganz froh zu sein über den Vorwand, sich zu entschuldigen, und bat die beiden Sicherheitsexperten in sein Büro.

Sie setzten sich in die Biedermeiergruppe vor dem gewaltigen Kachelofen, und Allmen konzentrierte sich auf die Zukunft. Eine ferne Zukunft musste es sein in Anbetracht der Tragweite der Situation.

Er sah zwar, wie Krähenbühler das Fabergé-Ei aus der Tasche zog und es Steinthaler überreichte, aber er war in Gedanken so weit weg, dass er nicht hörte, was er dazu sagte.

Erst als er bemerkte, dass Steinthaler ihm anerkennend zunickte, schaltete er zurück in die

Gegenwart und hörte ihn sagen: »Das ist allerdings eine sehr drastische Beweisführung, lieber John. Überzeugender hättest du mir die mangelhafte Sicherung unserer kleinen Nippes nicht vor Augen führen können als mit diesem simulierten Diebstahl, bravo. Du rennst bei mir damit offene Türen ein. Wie du siehst, habe ich Herrn Krähenbühler aus der gleichen Sorge aufgeboten.«

Eine zweite Fähigkeit, die Allmen schon als Junge gelernt hatte, war: In Sekundenbruchteilen wieder voll da zu sein, egal, wie weit weg er sich eben noch befunden hatte.

Wenn sein Vater ihn morgens um sechs weckte – Allmen hatte einen weiten Schulweg, als er noch auf dem Bauernhof seines Vaters lebte –, brachte er es fertig auszusehen, als hätte er schon lange wachgelegen. Um augenblicklich wieder in Tiefschlaf zu fallen, sobald der Vater das Zimmer verlassen hatte.

So reflexartig reagierte er jetzt auch auf Steinthaler. »Ich möchte Herrn Krähenbühler auf gar keinen Fall um diesen Auftrag bringen.«

»Da machen Sie sich mal keine Sorgen«, beruhigte ihn Krähenbühler, »wir werden noch oft Gelegenheit zur Zusammenarbeit finden.«

4

Carlos gegenüber erwähnte er den Vorfall natürlich nicht. Und es gelang ihm auch, diesen vor sich selbst geheim zu halten.

Aber Krähenbühler brachte sich zwei Tage später selbst in Erinnerung.

Allmen nahm das Frühstück wie immer in Zeiten von Durststrecken nicht im Viennoise ein, sondern zu Hause. Und es war wie immer nach zehn Uhr geworden, bis er auftauchte.

María servierte ihm sein Rührei – es war Freitag – und sagte: »Ein Mann mit einem schwierigen Namen hat angerufen – Crayanbala. Er wollte Sie sprechen.«

Spanisch war eine der Sprachen, die Allmen fließend sprach, und er verstand sofort, wie er Crayanbala zu übersetzen hatte: Mit seiner schlimmsten Befürchtung, Krähenbühler!

Er hatte sein Frühstück noch nicht beendet, als das Telefon klingelte.

»Für Crayanbala bin ich nicht da!«, rief er María zu. »Aber fragen Sie ihn, worum es sich handelt.«

Als sie zurückkam, sah er ihr an, dass er es gewesen war. »Was wollte er?«

»Etwas Geschäftliches, sagte er. Ich habe gesagt, Geschäftliches könne er auch mir sagen, ich sei Ihre persönliche Assistentin.«

»Und?«

»Er sagte, etwas persönliches Geschäftliches, er müsse Sie sprechen. Sofort. Ich habe gesagt, das geht nicht, Sie seien nicht hier. Er sagte, dann warte er. Ich sagte, dann müsse er lange warten. Er sagte: Bis er aus den Federn kommt? Ich sagte: Herr von Allmen hat keine Federn.«

Allmen beglückwünschte sich zum wiederholten Mal zu seinem Entschluss, Carlos' Freundin zu seiner persönlichen Assistentin gemacht zu haben. »Und was hat der darauf erwidert?«

»Erst wenn ich das Hühnchen mit ihm gerupft habe, wird er keine haben. Ich habe gefragt, was das bedeutet, er hat geantwortet, Sie werden verstehen. Verstehen Sie es?«

Allmen gab keine Antwort, bis María ihn aus seinen Gedanken riss mit der Frage: »Soll ich ihn reinlassen?«

»Er ist hier?«

»Vor dem Tor.«

Das Grundstück, auf dem die Villa und das Gartenhaus, das Allmen bewohnte, standen, besaß nur diesen Eingang. Krähenbühler hatte ihm nun schon zum zweiten Mal den Fluchtweg abgeschnitten. »Dann soll Carlos ihn halt hereinbitten und in der Halle warten lassen.«

Was Allmen als Halle bezeichnete, war das winzige Vestibül, von dem aus die steile, knarrende Treppe nach oben zu den zwei Mansarden führte, die Carlos und María bewohnten, und die Tür zum mit Möbeln überfüllten Wohnzimmerchen, in dem sie sich befanden.

María verließ den Raum, und Allmen begab sich in das Treibhaus, das er als Bibliothek, Musikzimmer und Büro benutzte. Dort setzte er sich in seinen Lieblingssessel und nahm sich vor, den Kerl lange warten zu lassen.

Er hörte die Schritte auf dem Gartenweg, die Tür zum Vestibül, die Stimmen und danach nichts mehr. Nach zwei, drei Minuten klopfte es an die Glasscheiben des Treibhauses. In der Lücke zwischen zwei Bücherregalen stand Krähenbühler und winkte ihm zu. Allmen blieb nichts übrig, als Carlos zu klingeln und ihm zu sagen, er solle ihn hereinbitten.

Krähenbühler hatte das spöttische Lächeln vom letzten Mal aufgesetzt, als Carlos ihn hereinführte.

Allmen begrüßte ihn mit der üblichen Erklärung, die er für Besucher bereithielt, die das erste Mal mit seiner wirklichen Wohnsituation konfrontiert waren: »Bitte verzeihen Sie, dass ich Sie in meinem kleinen Refugium empfange. Ich benutze es ganz gerne als kreativen Rückzugsort. Viel inspirierender als die große Villa.«

Krähenbühler musterte ihn mitleidig. »Geben Sie sich keine Mühe. Ich weiß, dass die Villa Ihnen nicht mehr gehört und Sie in dieser Hütte hausen. Ich weiß auch sonst allerhand über Sie, Herr Vonallmen.« Er sprach den Namen in einem einzigen Wort aus, mit der Betonung auf dem »von«, was ihm jeglichen aristokratischen Anstrich nahm.

Carlos räusperte sich. Er hatte unbemerkt in der Tür gestanden und musste zumindest den letzten Satz von Krähenbühler mitbekommen haben. »Tee?«, fragte er, »Kaffee?«

Allmen sah seinen ungebetenen Gast fragend an.

»Nichts«, antwortete der. »Kommen wir zur Sache.«

»Zu welcher Sache?«, fragte Allmen.

Krähenbühler schwieg und sah zu Carlos hinüber, der noch immer in der Tür stand.

»Herr de Leon ist Teilhaber der Agentur. Falls es sich um etwas Geschäftliches handelt, haben wir keine Geheimnisse.«

»Und als Teilhaber betrifft die Sache ihn auch persönlich.« Krähenbühler winkte Carlos heran. »Kommen Sie, Carlos, setzen Sie sich zu uns!«

Carlos sah Allmen an, und als dieser mit den Schultern zuckte, näherte er sich und ließ sich auf dem Hocker nieder, den er benutzte, wenn er Allmens Schuhe putzte.

»Ab sofort haben Sie einen dritten Teilhaber, meine Herren«, eröffnete ihnen Krähenbühler. »Einen stillen.«

Wieder warf Carlos seinem *patrón* und Partner einen fragenden Blick zu, und wieder zuckte dieser nur mit den Schultern.

»Ich bin von nun an zu einem Drittel an Ihren Einnahmen beteiligt. An Ihren Ausgaben hingegen nicht.«

»Warum das?«, wagte Carlos nun zu fragen.

»Weil mir einiges über Herrn Allmens Ausgabepolitik zu Ohren gekommen ist.«

Carlos wurde jetzt etwas deutlicher. »Ich meine: Warum sollten wir mit diesem Vorschlag einverstanden sein?«

Krähenbühler grinste Allmen an. »Ein paar Geheimnisse scheinen Sie vor Ihrem Teilhaber doch zu haben.« Er nahm sein Smartphone aus der Brusttasche und zeigte Carlos das Video aus der literarischen Gesellschaft.

Carlos nickte stumm.

»Aber keine Angst: Ihre Einnahmen werden nicht kleiner. Im Gegenteil, ich werde dafür sorgen, dass sie wachsen.«

5

Carlos machte doch Tee. Einen echten Lapsang Souchong, wie ihn Allmen nach dem Frühstück und vor dem Aperitif zu genießen pflegte. Carlos tat dies ungebeten, weil er eine Pause brauchte, um sich vom Schock zu erholen und seine Gedanken zu ordnen.

Als er zurückkam, saßen Allmen und Krähenbühler da, als hätten sie sich, seit Carlos den Raum verlassen hatte, nicht bewegt.

Carlos schenkte die Tassen voll, auch sich eine, und setzte sich wieder auf seinen Hocker.

Allmen räusperte sich. »Können Sie das etwas erläutern?«

»Das mit den wachsenden Einnahmen, nehme ich an.«

»Und den ganzen Rest.«

Krähenbühler nahm seinen Tee vom Beistelltisch. Das fast durchsichtige chinesische Porzellantässchen bildete einen rührenden Gegensatz zu seiner ungeschlachten Hand mit den dichtbehaarten Fingern. »Mein Fach«, erklärte er, »ist die Sicherung von Wertgegenständen. Und Ihres ist deren Wiederbeschaffung. Da müssen wir uns doch zusammentun.«

»Und wie wachsen dadurch unsere Einnahmen?«

Carlos war selbst überrascht über die Keckheit seiner Frage.

»Ich sorge für das Verschwinden und Sie für das Auftauchen.«

Jetzt meldete sich auch Allmen zu Wort. »Glauben Sie nicht, dass es dem Ruf Ihres Unternehmens schadet, wenn die Wertsachen Ihrer Kunden verschwinden?«

Krähenbühler korrigierte ihn: »Meiner künftigen Kunden.« Er sah Allmen und Carlos triumphierend an.

»Eine Werbeaktion für Ihr Unternehmen?«

»Wenn Sie so wollen. Ich komme bei meiner Akquisitionstätigkeit an Adressen mit sicherungswürdigen Wertgegenständen. Wenn davon was wegkommt, kommen wir beide ins Spiel. Sie, um es wiederzubeschaffen, ich, um es danach besser zu schützen.«

Carlos schaltete sich ein: »Und wer sorgt für das Verschwinden?«

»Mal Sie, mal ich, je nachdem.«

Alle drei schwiegen.

Schließlich sagte Allmen vage: »Und wenn wir nicht mitmachen …?«

»Erraten«, sagte Krähenbühler, zog sein Smartphone aus der Brusttasche und hielt es in die Höhe.

6

Als Carlos den ungebetenen Gast zum Tor gebracht hatte, verließ Allmen gerade zum Ausgehen gekleidet das Gärtnerhaus. »Rufen Sie den Wagen«, bat er im Vorbeigehen. Lieber wartete er eine Viertelstunde beim Tor auf Herrn Arnold, als dass er Carlos' stummen Vorwurf ertrug.

Es war ein kühler, grauer Junitag, und er wünschte, er hätte sich die Zeit genommen, einen Schal und einen Mantel auszuwählen. Und er ärgerte sich, dass er nicht auf die Uhr geschaut hatte, bevor er sich zu dieser überhasteten Flucht vor Carlos' Fragen entschlossen hatte. Es war nämlich halb zwölf, die Zeit, zu der die Mitarbeiter der K, C, L & D Treuhand begannen, die Villa, die einst ihm gehörte, zu verlassen, um etwas zu essen. Wahrscheinlich einen Salat-to-go in einer Plastikbox. Ihn schauderte bei der Vorstellung.

Allmen vermied jeglichen Kontakt mit den Leuten in seiner Villa. So konnte er die Tatsache verdrängen, dass er sie nicht deshalb nicht mehr bewohnte, weil er keine Lust mehr hatte, sondern weil sie ihm nicht mehr gehörte.

Vorläufig nicht mehr gehörte. Eines Tages, davon war er überzeugt, würde die Villa Schwarzacker wieder zum Verkauf stehen, und er, Johann Friedrich von Allmen, würde von seinem Vorkaufsrecht Gebrauch machen, das er sich, unter dem nachsichtigen Schmunzeln der Käuferschaft, neben dem lebenslangen Nutzungsrecht des Gärtnerhauses vertraglich hatte zusichern lassen.

Die Haustür ging auf, und zwei Buchhalterinnen mittleren Alters betraten den Plattenweg. Für ihn bestand die gesamte Belegschaft der Villa aus Leuten, die sich mit Buchhaltung befassten, für jemanden mit seiner Einstellung zu Geld die niedrigste aller denkbaren Tätigkeiten.

Allmen wollte sich hinter den mächtigen Flieder zurückziehen, der die Thujahecke abschloss, als der achtundsiebziger Cadillac Fleetwood mit abmontiertem Taxischild vor das schmiedeeiserne Tor glitt. Die Zeit reichte Allmen gerade noch, um aufs Trottoir zu treten und zu warten, bis Herr Arnold ihm den Schlag öffnete.

Als die beiden Buchhalterinnen das Tor erreichten, hatte er sich bereits in das weinrote Lederpolster sinken lassen, und Herr Arnold trat mit der Einfühlsamkeit eines Herrschaftsfahrers aufs Gas.

Die Hecken und gemauerten Umfriedungen der Anwesen des Villenhügels glitten vorbei und halfen Allmen, in eine freundlichere Wirklichkeit einzutauchen.

Herr Arnold schwieg. Er war es gewohnt, nichts

zu sagen, bis Allmen ihn ansprach, was dieser in der Regel auch tat. Aber diesmal blieb er stumm, bis auf ein knappes »Goldenbar, bitte«.

Allmen war kein guter Schweiger in Gesellschaft. Der Grund, weshalb er sich jetzt so gedankenversunken gab, war ein taktischer. Er hatte Herrn Arnolds Dienste schon sehr lange nicht mehr beglichen. Der Fahrer war sich zwar von seinem Lieblingskunden ausgedehnte Zahlungsfristen gewohnt, aber Allmen pflegte diese jeweils durch mehr als großzügige Trinkgelder wettzumachen. Doch diesmal hatte er die Geduld des guten Mannes dermaßen strapaziert, dass er seine Dienste schon eine ganze Weile nicht mehr in Anspruch genommen hatte, um dem Thema aus dem Weg zu gehen.

Er wusste, dass Herr Arnold die Bestellung als Zeichen interpretierte, dass die Durststrecke vorüber und Allmen wieder bei Kasse war. Wenn er jetzt ein Gespräch eröffnete, wären sie rasch bei dem Thema, das er vermeiden wollte.

Vor der Goldenbar tat Allmen so, als hätte er erst bemerkt, dass sie am Ziel waren, als Herr Arnold die Tür öffnete. Er bedankte sich und ging an ihm vorbei zum Eingang, ein Bild der Zerstreutheit.

Auch die Goldenbar hatte Allmen in letzter Zeit gemieden, denn er stand bei Jorge, dem Barkeeper, ebenfalls tief in der Kreide. Aber auch bei Jorge war sein Vertrauensvorschuss noch nicht ganz aufgebraucht, und er begann unaufgefordert einen Negroni zu mixen, Allmens bevorzugten Aperitif um diese Zeit.

Allmen entspannte sich. Der Spanier Jorge, sein Leben lang Barmann und mehrfach ausgezeichnet, weit über dem Rentenalter, würde niemals eine Bemerkung über Allmens Zahlungsrückstände machen. Doch als er den Drink auf den goldbedruckten Glasuntersatz vor Allmen stellte, ließ er seinen goldenen Eckzahn aufblitzen und sagte: *»On the house.«*

Für einen kurzen Moment verlor Allmen die Fassung. Dann hob er das Glas und erwiderte: *»To the house«*, trank einen Schluck und nahm sich vor, Jorge für diese Rettung mit einem Trinkgeld zu belohnen, wie er es noch nie gesehen hatte. Sobald die Durststrecke vorbei war.

Die Bar füllte sich, und Allmen nippte an seinem Negroni. Gerade als er beschloss, das allerletzte Schlückchen nicht mehr weiter hinauszuzögern, brachte Jorge ein frisches Glas.

»Von dem Herrn dort«, erklärte er.

Allmen wandte sich in die Richtung, in die Jorge deutete.

Dort saß Krähenbühler und prostete ihm zu.

7

Vor der Rampe stand ein Möbelwagen mit der Aufschrift »LOGINEW International Transports & Relocation«. Zwei Männer in grünen Overalls schoben Plattformwagen mit Kartons aus dem Laderaum.

»Die Sachen von Expats aus Holland«, erklärte Herr Enderlin. »Ziehen in eine möblierte Wohnung, bis ihr Haus bezugsbereit ist, und lagern ihre Sachen bei uns ein.«

Herr Enderlin war ein kleiner übergewichtiger Mann im Pensionsalter. Er machte für Krähenbühler, der, wie er vorgab, etwas suchte, wo er während eines längeren Auslandaufenthalts seine Wohnungseinrichtung unterbringen konnte, eine Führung durch das Lager.

Er grüßte die beiden Männer im Vorbeigehen, führte seinen prospektiven Kunden zur verwaisten Portiersloge neben dem Eingang und entschuldigte sich für ein »Momäntli«.

Krähenbühler beobachtete ihn durch das Logenfenster, das an einer Stelle für den Austausch zwischen Portier und Besucher perforiert war, wie er eine Schublade des Schreibtischs öffnete und etwas herausnahm.

Als er zurückkam, hatte er einen großen Schlüsselbund in der Hand.

Die Lagerräume waren früher Büros gewesen. Auf den Böden lag noch der fleckige, senfgelbe Nadelfilz mit den Abdrücken von Schreibtischen und Korpussen und den Bodensteckern für die Arbeitsplätze ohne Wandberührung. Da und dort klebten noch Witzzeichnungen und Kartengrüße an den Fensterscheiben.

In den falschen Decken waren mit milchigem Kunststoff verkleidete Leuchtstoffröhren eingelassen, von denen viele flackerten oder gar nicht brannten.

Die Luft war abgestanden und roch nach den Kartons, die sich wohl in den meisten Räumen stapelten.

Die Türen trugen Lagernummern, von denen jeweils eine mit der Nummer eines Schlüsselanhängers an Enderlins Bund übereinstimmte.

»Haben Sie auch langjährige Kunden?«, wollte Krähenbühler wissen.

»Unser langjährigster Kunde«, erklärte Enderlin, »lagerte schon bei uns, als wir noch Schmid Transport AG hießen und diese Lagerräume noch Büros waren. Achtzehn Jahre.«

»Darf ich das einmal sehen?«

»Ich dachte, Sie suchen etwas Kurzfristiges?«

»Schon. Aber Sie wissen ja, wie das Leben spielt. Aus dem Kurzfristigen kann schnell einmal etwas Langfristiges werden.«

Enderlin lachte. »Wem sagen Sie das.« Er führte

ihn in die dritte Etage zur Lagernummer 46 234 und schloss die Tür auf.

»Ich zeige Ihnen das ganz inoffiziell. Genau genommen darf ich das nicht.«

Das Lager enthielt Vitrinen verschiedener Größen aus Nussbaumholz. In jeder war in der Mitte des Rahmens über der Glastür in poliertem Messing der Schriftzug »Sterner Söhne« intarsiert.

Die Vitrinen waren leer.

Auf verzinkten Lagerregalen reihten sich nummerierte Kartons gleicher Größe.

Es roch anders als in den übrigen Räumen, älter.

»Was ist in den Kartons?«, fragte Krähenbühler.

»Das Inventar von Sterner Söhne. Das war eine Porzellanhandlung. Als der Inhaber das Geschäft auflöste, lagerte er es hier ein.«

»Und niemand will das Zeug?«

»Offenbar nicht. Solange die Lagermiete regelmäßig eintrudelt, kann das hierbleiben, bis es schwarz wird.«

Enderlin hielt Krähenbühler die Tür auf, löschte das Licht, schloss den Lagerraum 46234 wieder ab und setzte die Führung fort.

Am Ende des Korridors der vierten Etage, bei der Tür zum Treppenhaus, befand sich eine geschlossene Deckenluke. Krähenbühler blickte hinauf. »Und da oben gibt es noch mehr Lagerräume?«

»Nein, früher, als das noch Büros waren, diente der Dachboden als Abstellkammer. Heute ist er leer. Das heißt, ich nehme es an. Ich war schon seit Jahren nicht mehr dort oben.«

Krähenbühler nickte. Er hatte sich informiert. Die Loginew benutzte nur die Hälfte des Gebäudes als Lagerhaus. Die andere diente noch immer ihrem ursprünglichen Zweck. Man konnte dort günstige Büros mieten, und die Mieter waren junge IT-Leute, Künstler, Musikproduzenten. Und Studenten, die die Räume unerlaubterweise in Wohngemeinschaften nutzten.

Die Leute gingen dort zu jeder Tages- und Nachtstunde ungehindert ein und aus. Krähenbühler wusste es. Er hatte es selbst ausprobiert. Er war vor ein paar Tagen mit dem Aufzug bis in die vierte Etage gefahren. Und über die heruntergelassene Holztreppe ungehindert auf den gemeinsamen Dachboden gelangt.

8

Als Allmen zurück zur Villa Schwarzacker kam, war er nicht mehr sicher auf den Beinen. Krähenbühlers unerwarteter Auftritt in der Goldenbar hatte seinen Versuch, der Wirklichkeit zu entfliehen, zunichtegemacht. Und er war versucht zu glauben, dass dieser es genau darauf angelegt hatte.

Er musste ihn schon lange beobachtet haben. Er wusste Bescheid über seine Schwächen und über seine Situation und war entschlossen, diese auszunutzen. Er verfolgte ihn.

Als er ihm von weitem zugeprostet hatte, hatte Allmen zurückgeprostet und einen Schluck genommen. Danach hatte er Jorge gefragt, ob er den Mann schon einmal gesehen habe. »Noch nie«, antwortete der mit Bestimmtheit. »Und Sie?«

»Auch nicht.« Er trank noch einen Schluck und wandte sich wieder in die Richtung des Spenders.

Er war verschwunden wie ein Phantom.

Allmen zögerte seinen geschenkten Negroni hinaus, bis die Bar sich fast geleert hatte. Dann ging auch er.

Er war darauf gefasst, draußen von Krähenbühler erwartet zu werden. Aber die Luft war rein.

Als Allmen danach so würdevoll wie möglich den übermöblierten Wohn-Essraum durchquerte und die Tür zu seinem Schlafzimmer öffnete, sagte eine Stimme: »*Buenas noches*, Don John.«

Allmen erschrak. Das Licht der Tischlampe bei der Sitzgruppe ging an, und María Moreno erhob sich von einem der Sessel und strich ihren Rock glatt. Sie sah ein wenig verschlafen aus.

»Ich muss reden«, sagte sie.

»Kann das nicht bis morgen warten?«, fragte Allmen, ohne große Hoffnung auf Erfolg.

»Nein«, antwortete María nur und wies auf einen der Sessel.

Allmen gehorchte.

»Sie dürfen nicht tun, was dieser Mann will.«

Es klang nicht nach einem Ratschlag oder einer Bitte. Es war ein Verbot.

Allmen fragte: »Haben wir ein Bier?«

María stand auf, ging in die Küche und kam mit einem Tablett zurück, auf dem ein schön eingeschenktes Glas eiskaltes Bier stand.

Allmen trank, als hätte er den ganzen Tag nichts Flüssiges zu sich genommen, wischte sich den Schaum von den Lippen und sagte: »Ich habe keine Wahl.«

»Doch. Haben Sie.«

»Welche?«

»Nein.«

Allmen war in dieser Nacht nicht nur etwas unsicher auf den Beinen, er war auch etwas unsicher im Kopf. »Was nein?«, wollte er wissen.

»Dem Mann nein sagen. Einfach.«

Allmen schüttelte den Kopf. »Carlos hat Ihnen bestimmt gesagt, weshalb das nicht geht.«

»Er hat gesagt, dass der Mann Sie beim Stehlen

gefilmt hat. Und jetzt müssen Sie alles tun, was er sagt.«

Allmen gab keine Antwort.

María musterte ihn mit einer Mischung aus Verachtung und Belustigung. »Männer! Stehlen, damit niemand erfährt, dass sie stehlen. Kinder!«

Der im Glas zurückgebliebene Schaum war zusammengefallen und hatte sich in ein kleines Schlückchen Bier verwandelt. Allmen trank es aus. Dann verkündete er feierlich: »Wenn der Präsident der literarischen Gesellschaft das Video sieht, erleben wir das Ende von Allmen International Inquiries.«

»Und wenn Sie mit dem Mann zusammenarbeiten, erleben Sie es nicht auf freiem Fuß.«

Nach längerem Schweigen fragte Allmen: »Was sagt denn Carlos dazu?«

María zuckte mit den Schultern. »Der? Der ist auch blöd. Auch ein Mann.« Sie stand auf und wünschte gute Nacht.

9

Das Talent auszusehen, als hätte er schon lange wachgelegen, verließ Allmen an diesem Morgen. Carlos musste schon länger mit seinem Early Morning Tea in seinem Schlafzimmer gestanden und sich geräuspert haben.

»*Muy buenos días,* Don John«, sagte er nun, als sein *patrón* endlich versuchte, die Augen zu öffnen. Und er fügte hinzu: *»Lo buscan.«*

»Lo buscan« bedeutete, dass ihn jemand sprechen wollte.

»Um diese Zeit?«, krächzte Allmen und richtete sich auf. Er pflegte seinen Early Morning Tea um sieben Uhr zu trinken und danach noch etwas zu dösen. Und wenn Carlos beim Eintreten feststellte, dass er noch schlief, stellte er das Tablett auf den Nachttisch und zog sich leise zurück.

»Es ist zehn Uhr«, antwortete Carlos. *»El señor* Crayanbala sucht Sie.«

Allmen ließ sich wieder ins Kissen fallen. »Wo ist er?«

»In der Bibliothek.«

Allmen richtete sich wieder auf. »Allein?«

Carlos schüttelte missbilligend den Kopf. »María passt auf.«

Allmen beeilte sich. Aber er brauchte dennoch über eine halbe Stunde, bis er so zurechtgemacht war, dass er sich in diesem Zustand eine solche Begegnung zumuten konnte.

Krähenbühler saß auf Allmens Sessel und las in seinem Smartphone. Von Carlos' Schuhputzhocker aus beobachtete ihn María mit stummem Misstrauen.

Er machte keine Anstalten aufzustehen, als Allmen den Raum betrat und sich mit all der Nonchalance, die er aufbrachte, in einem der anderen Sessel niederließ. Es war ihm klar, dass Krähenbühlers Wahl des Sessels kein Zufall war, er musste von seinem letzten Besuch wissen, dass dies Allmens Platz war.

»*Good news*«, sagte er, »aber vielleicht sollten wir warten, bis der dritte Partner sich zu uns gesellt hat.«

Allmen nickte María zu, und sie ging Carlos holen.

Krähenbühler vertiefte sich wieder in sein Smartphone und schien Allmen zu vergessen.

Der starrte auf seine Hände, die wie etwas Fremdes auf seinen Oberschenkeln lagen, und sah, dass sie zitterten.

Es war schon vorgekommen, dass er sich mit einem Kater etwas zittrig fühlte. Aber diesmal war es anders. Diesmal fühlte er das Zittern nicht nur. Er sah es.

Plötzlich war ihm klar, was es bedeutete: Er hatte Angst. Wie damals als kleiner Junge bei seinem ersten Nikolaus.

Er musste etwa fünf gewesen sein, als der Nikolaus in die Stube des Bauernhofs hereinbrach, mit der Rute drohte und sie immer wieder auf den großen Holztisch krachen ließ oder auf den halbvollen Sack, in welchem, wie er brüllte, schon ein paar kleine Kinder steckten.

Erst als sein Vater den Nikolaus anschrie: »Tobi! Genug!«, und dem Nikolaus den Bart runterriss und ihn als den besoffenen Knecht Tobi entlarvte, hatte das Zittern aufgehört.

Und war nie mehr zurückgekommen, bis zum heutigen Tag.

Allmen versuchte, das Zittern der Linken mit der zitternden Rechten zu stoppen und atmete tief durch. Krähenbühler beachtete ihn nicht.

Damals, als kleiner Junge, hatte er um sein Leben gefürchtet. Aber diesmal ging es nicht um sein Leben. Diesmal ging es um seine Existenz.

Zum ersten Mal, seit er das Vermögen seines Vaters durchgebracht hatte, hatte er sich eine solche aufgebaut. Sie war zwar nicht sehr solide, Allmen besaß kein besonderes Talent für das Solide, aber es war eine Möglichkeit, etwas zu tun, was er nie von sich erwartet hatte: aus eigenen Mitteln mit Stil zu leben. Dass er dabei immer wieder Durststrecken zu überwinden hatte, lag an einer Neigung, an der er jederzeit arbeiten könnte: Großzügigkeit. Dass er die Arbeit daran immer wieder hinausschob, war zwar etwas unpraktisch, aber es machte ihn sich sympathisch.

Und jetzt war er drauf und dran, das alles zu verlieren.

Carlos betrat die Bibliothek. Normalerweise war er um diese Zeit im Garten beschäftigt, aber jetzt trug er einen von Allmens abgelegten Anzügen. Jemand, dessen Namen er Allmen nicht verriet, arbeitete sie so um, dass sie trotz des beträchtlichen Größenunterschieds wie maßgeschneidert aussahen. Auch die Krawatte stammte aus dem riesigen Bestand seines *patrón*.

Carlos setzte sich, und María, die Carlos gefolgt war, blieb unschlüssig bei der Tür stehen und sah Allmen fragend an. Der reagierte nicht.

Carlos kam ihm zu Hilfe und fragte Krähenbühler: »Tee, Señor?«

»Wenn es der vom letzten Mal ist.«

Carlos raunte María etwas zu, und sie ging hinaus.

Allmen hatte nicht bemerkt, wann das Zittern aufgehört hatte. Er vermutete, mit Carlos' Erscheinen – beim Eintritt der Normalität.

»Sagt Ihnen der Name Johann Joachim Kändler etwas?«, fragte Krähenbühler unvermittelt.

Carlos schüttelte den Kopf. Aber Allmen, dem Allesleser und Kunstliebhaber, war der Name bekannt.

»So hieß einer der größten Künstler der Meißen Porzellanmanufaktur, erste Hälfte achtzehntes.«

»Schau, schau, ein Kenner«, stellte Krähenbühler fest. »Dann sagt Ihnen sicher auch der ›Indiskrete Harlekin‹ etwas.«

Allmen kannte die Porzellangruppe. Ein junger Bursche turtelt mit einer Frau, die auf seinem Oberschenkel sitzt. Seine Rechte liegt auf ihrem tiefen Dekolleté. Dem Paar zu Füßen räkelt sich ein Harlekin. Er hebt den Rand ihres weiten Rocks und späht darunter.

»Ja«, bestätigte Allmen, »ich kenne die Gruppe.«

»Ziemlich frivol, nicht?«

»Rokoko eben. Die erotisierteste Epoche der Geschichte.«

María brachte den Tee, verteilte die Tassen und schenkte ein. Die drei Herren sahen schweigend zu. Nachdem sie den Raum wieder verlassen hatte, sagte Krähenbühler:

»Ist Ihnen auch bekannt, dass es davon eine noch viel frivolere Version gibt? Eine, bei der man die Dame abheben und aus der Perspektive des Harlekins betrachten kann.«

»Ach ja?« Allmen ließ es desinteressiert klingen, griff nach dem Teetässchen und führte es zum Mund.

Krähenbühler und Carlos taten es ihm nach. Der

Gast nahm ein Schlückchen, Allmen und Carlos tauschten einen Blick.

Das war nicht der echte Lapsang Souchong. Es war ein ordinärer Rauchtee, von dem Allmen nicht einmal wusste, dass sie ihn im Haus hatten. María hatte dem Gast das Original nicht gegönnt.

Doch Krähenbühler bemerkte den Unterschied nicht. Er trank mit Kennermiene noch einen Schluck und stellte die Tasse zurück.

»Von der betreffenden Porzellangruppe ist kein Exemplar auffindbar. Die letzte bekannte wurde in den späten vierziger Jahren anonym ersteigert und nie wiedergesehen. Man vermutet, der Käufer sei Sammler gewesen, dem der Besitz von Erotika peinlich war.«

Krähenbühlers Blick wanderte von Allmen zu Carlos und wieder zurück. Keiner der beiden sagte etwas.

»Das Stück muss ein kleines Vermögen wert sein.«

Wieder wartete er vergeblich auf eine Reaktion der beiden.

»Ich weiß, wo es sich befindet.«

Der Blick, den er seinen beiden Zuhörern zuwarf, war jetzt so triumphierend, dass Allmen sich genötigt fühlte zu fragen: »Wo?«

»Sagt Ihnen der Name ›Sterner Söhne‹ etwas?«

Allmen nickte. Er kannte den Namen aus seiner Zeit als Sammler: »Eine traditionsreiche Porzellanwarenhandlung, die es leider seit Jahren nicht mehr gibt.«

Krähenbühler nickte wie ein Lehrer, der seinem Schüler auf die Sprünge helfen will. »Es geht das Gerücht, dass Jakob Sterner, der letzte Inhaber, privat eine Sammlung erotischer Porzellanfiguren besaß, von denen er unter dem Ladentisch ab und zu ein Stück an eine ausgewählte Kundschaft verkaufte.«

»Und Sie wissen, wo sich diese Sammlung befindet.«

»Ich habe eine sehr starke Vermutung.«

»Und wo?« Es war das erste Mal, dass Carlos sich zu Wort meldete.

»Jakob Sterner hat das Geschäft aufgegeben und dessen Inventar eingelagert. Seit achtzehn Jahren liegt es in einem Möbellager.«

»Hat er keine Erben?«, wollte Allmen wissen.

»Doch, eine Enkelin. Aber die scheint nicht interessiert.«

»Weshalb verkauft er das Inventar nicht?«

Wieder sah ihn Krähenbühler an wie ein Lehrer, der seinem Schüler weiterhelfen will.

Allmen ging nicht darauf ein, das Getue nervte ihn.

»Der Grund, weshalb ich so sicher bin, dass die

Erotika dort sind, lautet: Es ist dem Alten peinlich. Er will nicht, dass jemand die Sachen sieht. Nicht zu seinen Lebzeiten.«

»Wie alt ist er?«

»Zweiundneunzig.«

Allmen schwieg. Die Angst war verflogen und hatte so etwas wie geschäftlichem Interesse Platz gemacht.

Als ob Krähenbühler das gespürt hätte, sagte er nun: »Einige der schönsten Stücke der erotischen Porzellankunst stammen von Johann Joachim Kändler, das ist Ihnen klar. Aber die meisten davon sind unauffindbar.«

Allmen nahm jetzt einen Schluck des ungenießbaren Tees. »Und Sie wissen natürlich, wo sich das Möbellager befindet.«

Krähenbühler nickte. »Und wie man hineinkommt.«

Er stand auf, ging zu Allmens Schreibsekretär und nahm einen Bogen mit den Initialen J.F.V.A. aus der Briefpapierkassette, die dort lag. »Sie gestatten«, murmelte er, als er zurückkam. Er legte das Blatt auf das Beistelltischchen neben seinem Sessel und schrieb: »Loginew Lagerhaus, Pleuelstraße 15, Scherdingen.« Darunter setzte er: »Lager Sterner Söhne, Lagerraum 46234.«

Er überreichte Allmen den Bogen. »*Voilà.*«

10

Mit ausholenden Bewegungen polierte Carlos einen kastanienbraunen linken Oxford-Halbschuh. Dessen noch ungeputzter Partner stand neben der hölzernen, schwarzlackierten Schuhputzkiste und glänzte beinahe so schön wie der, an dem Carlos arbeitete. Das traf auch auf die anderen Schuhe zu, die in Reih und Glied auf ihre Behandlung warteten.

Allmen wusste, dass Schuheputzen für Carlos eine meditative Beschäftigung war oder eine, die ihm beim Nachdenken half. Wenn Carlos saubere Schuhe putzte, dann war es ernst.

»Don John, tun Sie es nicht.« Er hatte den Blick nicht von den Schuhen gewandt, und Allmen sah auch nicht von seinem Buch auf, das er zu lesen vorgab: Gustave Flaubert, *Un cœur simple*.

»Ich muss es tun, Carlos, das wissen Sie. Er hat mich in der Hand.«

Carlos stellte den Schuh rechts neben sich und ergriff den auf der linken Seite. Noch immer ohne aufzublicken, sagte er: »Wenn Sie es tun, hat er Sie noch mehr in der Hand.«

»Warum?«

»Er hat Sie in der Hand wegen eines versuchten Diebstahls. Was er jetzt von Ihnen verlangt, ist ein richtiger Diebstahl.«

Allmen legte das Buch mit den aufgeschlagenen Seiten nach unten auf den Beistelltisch neben sich. »Es ist nicht stehlen. Es ist borgen. Wir leihen es uns aus und bringen es dem alten Herrn zurück, kassieren die Belohnung, und alle haben etwas davon.«

»Vor allem der Herr Crayanbala. Ein Drittel der Belohnung und, wenn seine Rechnung aufgeht, den Auftrag zur Sicherung des Lagerhauses. Und wir tragen das Risiko.«

»Wir?«

Allmen blickte nun Carlos an. »Sie meinen, Sie sind so freundlich, mir bei der Sache behilflich zu sein?«

»Nicht so freundlich. So blöd.«

11

Die gläserne Loge, die früher als Empfang diente, war jetzt eine Art Treibhaus für Topfpflanzen. Auf einem mit kindlichen Blumen verzierten Plakat stand in verschiedenfarbigen Filzstiftbuchstaben: »Ferienheim für deine Büropflanzen. 5 Franken pro Woche und Pflanze. Gießen, Düngen, Blattpflege.«

Allmen und Carlos, beide mit einem Roll- und einem Pilotenkoffer wie zwei Handelsreisende, stellten sich vor die kunterbunte Mischung aus Schildern mit Firmennamen, Büronummern und Etagen und suchten nach einem Ziel im vierten Stock.

Sie entschieden sich für »Visutrend, Konzeption und Realisation Ihrer Visualisierungslösungen. 4. Etage, Office 42.1 a+b.«

Sie gingen zum Aufzug und drückten auf den Knopf.

In einem Display aus gesprungenem Milchglas erschien in Rot die Zahl vier und blieb stehen, obwohl im Liftschacht die Geräusche eines sich nähernden Aufzugs zu vernehmen waren.

Während sie warteten, betrat ein bärtiger junger Mann mit einer Umhängetasche die Lobby und gesellte sich zu ihnen. Er nickte ihnen zu, zog ein Smartphone aus der Gesäßtasche seiner Jeans und konzentrierte sich auf seine Nachrichten.

Als der Lift endlich ankam, stand die Stockwerkanzeige noch immer auf vier.

Sie betraten die Liftkabine, und Carlos fragte den Bärtigen: »Welche Etage?«

»Vierte«, brummte der, und Carlos drückte für ihn den Knopf. Und für sie beide vorsichtshalber den für die dritte.

Der Mann blickte nicht von seinem Handy auf, als sie sich im dritten Stock verabschiedeten.

Sie betraten einen langen Korridor, dessen Nadelfilz im flackernden Neonlicht lag. Aus einer geöffneten Bürotür drang Rap in die Stille. Sie lag in der Richtung, die zum Treppenhaus führte.

Allmen ging zielstrebig voraus. Vor der geöffneten Tür hing ein Schild mit der Aufschrift »Genius Company, Künstlervermittlung«. Es roch nach Zigarettenrauch. Er ging mit abgewandtem Blick vorbei, damit ihn niemand ansprach und in ein Gespräch verwickelte. Carlos folgte ihm eilig.

Am Ende des Ganges lag eine schwere Brandschutztür zum Treppenhaus. Sie öffneten sie, und Carlos drückte auf einen Schalter. Das Licht ging an, und eine Zeitautomatik fing an zu surren. Die Treppe aus Waschbeton führte in die vierte Etage.

Auf dem obersten Treppenabsatz gab es die gleiche Brandschutztür zum Korridor wie im dritten Stock. An der hohen Decke war der Deckel einer Klapptreppe eingelassen. An der Wand war mit zwei Metallklemmen ein langer Stock mit einem Haken befestigt.

Sie stellten ihr Gepäck ab und warteten.

Ein surrendes Geräusch störte die Stille des Treppenhauses. Plötzlich stoppte es, und das Licht ging aus.

Über den Treppen an der Nordmauer befanden sich schmale Luken, durch die jetzt spärliches Abendlicht hereindrang.

Allmen konnte das Gesicht von Carlos schwach erkennen. Er sah besorgt aus. So wie ich selbst wohl auch, dachte er.

Das Licht ging an, und unter ihnen fiel eine Tür laut und schwer ins Schloss. Eilige Schritte klapperten ein paar Treppenstufen hinunter. Dann wieder eine schwere Tür und Stille.

Jemand hatte die Geduld mit dem trägen Lift verloren und die Treppe genommen. Was würden sie tun, wenn auch auf ihrer Etage jemandem der Geduldsfaden riss?

Als hätte er seine Gedanken erraten, sagte Carlos: »Gehen wir lieber, Don John. Es ist zu gefährlich.«

Carlos hatte natürlich recht, die Sache war hirnverbrannt. Wenn sie hier erwischt würden, wäre es endgültig aus mit Allmen International Inquiries. Aus dem gefilmten Diebstahl in der Literaturgesellschaft könnte er sich zur Not noch herausreden, denn nach dem ersten Schock war ihm klargeworden, dass Krähenbühler, dieser Dummkopf, sich selbst um die Rolle des Belastungszeugen gebracht hatte, indem er Allmen vor Steinthaler entlastete.

Weshalb er sich dennoch auf die Sache eingelassen hatte, war ihm selbst nicht ganz klar. Vielleicht hatte es mit der Risikofreude zu tun, die in seinem

Unterbewusstsein hauste und ihn immer wieder in brenzlige Situationen brachte. So vorsichtig er auch zu sein glaubte, etwas in ihm liebte die Gefahr.

»Vámonos!«, sagte er.

Falls Carlos geglaubt hatte, es sei ihm gelungen, seinen *patrón* von seinem leichtsinnigen Vorhaben abzubringen, wurde er sofort eines Besseren belehrt. Allmen zog ein paar schwarze Einweghandschuhe aus Silikon an, ging zur Stange mit dem Haken und riss sie aus der Halterung. Die Klemmen schnappten mit einem metallischen Klacken zu, das ihnen so laut vorkam, dass man es im ganzen Haus gehört haben musste.

Sie erstarrten und warteten auf das Geräusch einer der Brandschutztüren im Treppenhaus.

Aber es blieb still.

Carlos stand bei den Koffern, Allmen hielt die Stange in beiden Fäusten wie ein japanischer Naginata-Kämpfer. So standen sie eine ganze Weile da und warteten.

Es war Allmen, der Bewegung in dieses Bild brachte. Er stellte sich unter die Treppenklappe und machte Anstalten, den Haken am Ende der Stange in die Öse der Klappe einzufädeln.

Allmen hatte keine praktische Begabung. Verrichtungen, die eine gewisse Geschicklichkeit erforderten, bewältigte er in der Regel mit Hilfe seines

Charmes, den er dafür einsetzte, andere dazu zu bringen, sie für ihn zu erledigen.

Die Methode funktionierte auch diesmal. Carlos zog ebenfalls Handschuhe an, nahm ihm den Stab aus der Hand, stellte sich auf die Zehenspitzen, hakte nach wenigen Anläufen in die Öse ein und zog.

Der Verschluss leistete etwas Widerstand und gab dann mit einem lauten Geräusch nach. Die Klappe kippte herunter und entließ eine Holztreppe, die mit einem schleifenden Geräusch auf sie zu rutschte.

Carlos gelang es, sie aufzuhalten, bevor sie auf dem Boden auftraf und noch mehr Lärm verursachte. Sie schnappten sich ihre Koffer und eilten so leise wie möglich hinunter. In der dritten Etage hielten sie sich bereit, für den Fall, dass jemand in der vierten nachsehen ging.

»Und wenn jemand hier unten nachsieht?«, fragte Allmen. »Was sagen wir dann?«

»Haben Sie das auch gehört? Es kam von dort oben.«

Wer seine Jugend wie Carlos auf den Straßen der Zone 1 von Guatemala City verbracht hat, durfte nie um eine Antwort verlegen sein, wenn er überleben wollte.

Als nach fünf Minuten noch immer niemand gekommen war, stiegen sie die Treppe wieder hinauf.

Die Dachbodentreppe erwartete sie. Allmen und

Carlos kletterten hinauf und verschwanden in dem dunklen Rechteck.

Sie zogen die hölzernen Stufen hinauf, bis sie von der Luke verschluckt wurden.

12

Es roch nach Staub und Holz und Tauben. Allmen hörte die Schnappschlösser von Carlos' Pilotenkoffer. Kurz darauf erhellte der Strahl einer Taschenlampe das Dunkel. Er traf auf ein Muster aus senkrechten Holzlatten, die den Raum in Dachbodenabteile unterteilten.

Der Lichtkegel streifte einen Lichtschalter. Er war an einem Giebelträger ganz in der Nähe der Treppenluke angebracht. Carlos drehte ihn, und jetzt gingen Lampen an. Sie waren in großen Abständen unter dem Giebel angebracht. Die Glühbirnen befanden sich hinter galvanisiertem Drahtgitter. Nicht alle brannten.

Allmen und Carlos gingen durch den Gang zwischen den Abteilen. Auf Zehenspitzen, damit man in der vierten Etage ihre Schritte nicht hörte, Dachböden konnten ringhörig sein.

Sie waren leer bis auf ein paar Kartons da und dort. Die Vorhängeschlösser fehlten. Sosehr sie sich auch bemühten, sie konnten nicht verhindern, dass manchmal ein Bodenbrett knarrte.

Der Korridor endete an einer Tür der gleichen Bauart wie die der Dachbodenabteile. Aber diese war von der anderen Seite verschlossen. Carlos knipste seine Taschenlampe wieder an und leuchtete hinein. Das gleiche Bild: senkrechte Holzlatten mit Querverstrebungen.

Die Abstände zwischen den Holzlatten waren zu schmal für eine Hand, aber Carlos konnte mit den Fingern ein Vorhängeschloss ertasten.

Er griff in seinen Koffer, kam mit einer Spannsäge zum Vorschein, drehte die Flügelmutter auf und nahm das Sägeblatt heraus. Dann begann er damit an der Latte neben dem Schloss zu sägen, mit aufreizender Langsamkeit, um möglichst keine Geräusche zu machen.

Allmen sah ihm zu und immer wieder auf die Uhr. Etwas weniger als zwanzig Minuten dauerte es, bis Carlos der Latte ein Fragment von etwa dreißig Zentimetern entnehmen konnte. Eine Öffnung war entstanden, durch welche bequem zwei Hände greifen konnten.

Mit einem kurzen Schraubenzieher entfernte er die vier Schrauben, mit dem der Riegel festgemacht war. Und offen war die Tür.

Etwas weniger vorsichtig folgten sie dem Korridor bis zu dessen Ende. Sie befanden sich jetzt über der Gebäudehälfte, die nur noch als Lager diente. Um diese Zeit befand sich niemand mehr darin. Vorsichtshalber hatten sie sich bei ihrer Ankunft versichert, dass in keinem Fenster Licht brannte.

Am Ende des Korridors befand sich die gleiche Dachbodentreppe wie die, über die sie heraufgekommen waren. Sie lag in ganzer Länge auf dem Bretterboden, die Spannfedern entspannt.

Carlos kniete sich vor den Schnappverschluss, der die Klappe festhielt.

Auch hier genügte ein Schraubenzieher, um sein Gegenstück zu entfernen.

13

Carlos stieg als Erster die Holztreppe hinunter. Auf halber Höhe erfasste ihn ein Bewegungsmelder und tauchte das Treppenhaus in grelles Neonlicht. Die gleiche Treppe aus Waschbeton, die gleiche Brandschutztür, aber mit einem Blechschild, auf dem stand: »LOGINEW International Transports & Relocation«.

Carlos winkte Allmen heran, der noch immer oben auf der Dachbodentreppe stand. Leise – man konnte nie wissen, ob nicht zufällig doch jemand im Hause war – gingen sie das Treppenhaus hinunter.

Im Erdgeschoss öffneten sie die schwere Tür und betraten das Vestibül. Der Lichtkegel von Carlos' Taschenlampe tastete den Raum ab und traf bald auf die Portiersloge. Sie gingen darauf zu. Sie war unverschlossen, wie Krähenbühler vermutet hatte.

Allmen öffnete die oberste Schublade rechts des Schreibtischs. Dort lag – ebenfalls wie von Krähenbühler beschrieben – ein Bund mit vielen Schlüsseln. An jedem war mit einem Ring ein Schild befestigt, in das eine Nummer gestanzt war. Erst als er die 46234 fand, nahm er den Schlüsselbund an sich.

Allmen hätte gerne den Aufzug in den dritten Stock genommen, aber Carlos war dagegen. *»Peligroso«* fand er die Idee.

»Ich glaube nicht, dass noch jemand im Haus ist.«

»No«, antwortete Carlos. »Aber Aufzüge bleiben stecken.«

Von diesem Argument ließ sich Allmen überzeugen, und sie gingen wieder die Treppe hinauf in den dritten Stock.

Der Lagerraum 46234 besaß zwei Fenster auf die Straße des Industrieareals. Sie war zwar kaum befahren, aber das Risiko, Licht zu machen, war ihnen zu groß. Sie ließen vorsichtig die Rollläden herunter und arbeiteten weiterhin mit der Taschenlampe.

Die Kartons waren alle mit weißem Klebeband

mit der roten Aufschrift »Schmid Transport AG« versiegelt. Sie drehten sie um, schnitten das Klebeband am Boden mit einem Teppichmesser auf und räumten den Inhalt aus.

Der erste Karton, den sie öffneten, war randvoll mit Päckchen aus Seidenpapier. Darin dick eingeschlagen, befanden sich die Porzellanfiguren.

Die erste, die Allmen auspackte, war ein Fuchs, der Spinett spielte. An das Instrument lehnte sich in der Pose einer großen Sängerin eine junge Frau im Rokokokleid mit tiefdekolletiertem Mieder und ausladendem Reifrock.

Er drehte die Figurengruppe um und betrachtete sie. Auf der Unterseite fand sich das Meißner Markenzeichen: zwei genau in der Mitte der Klinge gekreuzte blaue Schwerter. Daneben klebte ein Etikett mit der handschriftlichen Notiz »Vermutl. Kändler, ca. 1740.« Und darunter eine Nummer, 436.

Allmen wusste, dass sich das Alter von Meißner Porzellan anhand der Darstellung der gekreuzten Schwerter bestimmen ließ. Aber nach welchen Anhaltspunkten, hatte er vergessen.

Er untersuchte die Skulptur, und Carlos sah ihm dabei über die Schulter. Es war nichts Erotisches daran zu finden. Aber ein Fuchs, der eine Sängerin auf dem Spinett begleitet, war vielleicht bizarr genug.

Carlos verpackte das absonderliche Paar wieder sorgfältig, und sie kamen stumm überein, es zu den Stücken zu legen, die sie mitnehmen wollten.

Konzentriert und systematisch packten sie die kleinen Kunstwerke aus: Figürchen aus der Commedia dell'Arte: Isabella, Lalagé, Octavio, Mezzetino, Pantalone, Capitano Spavento, Dottore, Scaramuz und Pierrot.

Höfische Paare in großer Garderobe waren darunter, bäurische Liebespärchen und Szenen von aristokratischen Landpartien. Sie stießen auf verspielte Schäferszenen und eine allegorische Figur, Amerika: eine Indianerin auf einem Alligator in königlichem Gewand und Federschmuck, umgeben von Attributen ihres Kontinents, Tieren, Früchten, Pflanzen. Ihre Brüste waren entblößt.

Allmen und Carlos wechselten einen Blick. »Amerika« war das erste Fundstück, das annähernd die Erwartungen an den Porzellanschatz des alten Sterner erfüllte. Sie kam zu den Exemplaren, die sie mitnehmen wollten.

Nach zwei Stunden machten sie eine Pause. Carlos hatte für jeden drei mit Guacamole bestrichene zusammengeklappte Maistortillas mitgebracht und zwei Perrier-Fläschchen, in die er seinen unvergleichlichen Ingwertee abgefüllt hatte.

So picknickten sie am Boden des Lagerraumes,

hingelümmelt wie zwei von Johann Joachim Kändler gestaltete Porzellanfigurinen.

»Don John«, fragte Carlos, »was glauben Sie: Werden wir finden, was der Señor Crayanbala sucht?«

»Es würde mich nicht überraschen. Maupassant nannte die Gesellschaft, für die die meisten dieser Figurinen und Gruppen gedacht waren, ›raffiniert, ausschweifend und bis in die Fingerspitzen künstlich, für die das Vergnügen das einzige Gesetz und die Liebe die einzige Religion war‹. Das könnte heute durchaus wieder auf Interesse stoßen.«

Im zweiunddreißigsten Karton stießen sie auf neun Nymphen. Sie waren gerade dem Bad entstiegen und dabei, sich abzutrocknen. Alle hatten nackte Oberkörper, aber die intimeren Stellen waren mit den Badetüchern gerade noch knapp abgedeckt. Sie kamen in die Abteilung zum Mitnehmen.

Eine weitere halbe Stunde Aus- und wieder Einpacken später dann der »Raub der Sabinerinnen«. Ein sehr muskulöser halbnackter bärtiger Mann trug eine strampelnde Frau über der Schulter. Sie war zwar bekleidet, aber aus dem richtigen Winkel war – detailliert – zu erkennen, dass sie unter dem Kleid keine Unterwäsche trug.

Danach öffneten sie wieder Kartons mit unverfänglichen Figuren: höfische Paare in großer Garderobe, schäkernde ländliche Liebespaare, junge Offiziere in bunten Galauniformen, Damen in Ballkleidern, putzige Haustiere, bunte Vögel, possierliche Äffchen, artige Liebesszenen und immer wieder Harlekine in bunten Karokostümen. Aber keiner, der einer jungen Dame unter den Rock spähte.

Die allermeisten Figurinen waren gekennzeichnet mit den gekreuzten Säbeln der Meißner Porzellanmanufaktur, und viele trugen, nach Allmens Urteil, die Handschrift des großen Modelleurs Kändler.

Es war gegen zwei Uhr morgens, als sie auf die Terrine stießen. Sie war etwa fünfzehn Zentimeter hoch, ihr Deckel war eine blauweiß gestreifte mit bunten Röschen verzierte Krinoline, und ihr Griff war der Oberkörper einer jungen Frau, tief dekolletiert mit enggeschnürtem Mieder.

Allmen hob den Deckel ab. Unter der Krinoline ragte der nackte Unterleib der Rokokodame heraus. Ihre Beine waren weit gespreizt.

Der Boden der Terrine war eine grüne Blumenwiese. Darauf kauerte ein etwas rundlicher Mann. Er trug einen roten Überrock, eine grüne Kniebundhose mit weißen Strümpfen, ein gelbes, mit Spitzen verziertes Hemd und eine weiße Perücke, die zu einem Zopf gebunden war. Er hatte den Kopf in den Nacken gelegt und die rosa Zunge weit herausgestreckt.

Es brauchte nicht viel Vorstellungskraft, um zu

erraten, wohin diese Zunge geriet, wenn der Krinolinendeckel der Terrine so aufgelegt wurde, dass die kleine Ausbuchtung an ihrem Rand exakt in die Nut in der Terrine passte.

Carlos räusperte sich verlegen, und Allmen warf ihm einen amüsierten Blick zu.

Von da an fanden sie in fast jedem Karton mindestens eine Frivolität. Die meisten waren Frauenfiguren, die so zusammengefügt waren, dass sie sich entblößen ließen. Aber es gab auch Paare, deren Liebesstellungen von weiten abnehmbaren Röcken verborgen wurden. Eine durch die Einfachheit ihrer Idee überraschende Porzellangruppe zeigte drei junge Frauen beim Picknick. Ihre weiten Röcke bedeckten einen großen Teil der Blumenwiese, die die Plattform der Gruppe bildete.

Deren Unterseite war nicht wie üblich roh belassen, sondern glasiert und detailreich modelliert. Sie zeigten die nackten Unterkörper der drei Schönen.

Einige der Motive gab es doppelt. Eines – eine von drei Schäfchen umgebene Hirtin, die sich unter dem abnehmbaren Strohhut auf ihrem Schoß selbst befriedigte – gab es sogar dreimal.

Im drittletzten Karton stießen sie endlich auf den indiskreten Harlekin. Sie hatten zwar schon zwei gefunden, aber beide waren nicht so konstruiert, wie Krähenbühler sie beschrieben hatte. Aber dieser traf die Beschreibung genau. Das knutschende Paar, das so ineinander vertieft war, dass es nicht bemerkte, dass der zu ihren Füßen hingelümmelte Harlekin frech den Rocksaum der Schönen hob. Sie ließ sich vom Oberschenkel ihres Liebhabers abheben und von unten betrachten. Genauer, als es dem Harlekin möglich war.

Im zweitletzten Karton fand Allmen noch zwei Äffchen, eines, das Geige spielte, und eines mit einer Querflöte. Immer wieder war er auf Affen gestoßen, die ein Instrument spielten, und er hatte begonnen, sie auf die Seite zu legen. Ohne bestimmte Absicht, einfach aus Spaß an der Satire.

Als sie sich endlich den letzten Karton vornahmen, wurden sie von einem zweiten indiskreten Harlekin mit abnehmbarem Liebespaar für ihre Hartnäckigkeit und Geduld belohnt.

Der Morgen graute schon, als alles wieder so war, wie sie es angetroffen hatten. Von den beiden vollgepackten Rollkoffern und den zwei schweren Pilotenkoffern abgesehen.

14

Allmen stand unter der Klappe der Dachbodenleiter und bewachte die Beute. Carlos war zur Portiersloge hinuntergegangen, um den Schlüsselbund wieder dort zu verstauen, wo er hingehörte.

Durch die spärlichen Luken in der Wand des Treppenhauses drang graues Morgenlicht, und die Kälte des Waschbetons stieg Allmen die Beine herauf.

Er hatte versucht, dem Ganzen etwas Abenteuerliches abzugewinnen, und es war ihm eine Zeitlang auch ganz gut gelungen. Er fühlte sich an die Schatzsuchen erinnert, die er als kleiner Junge mit den benachbarten Bauernkindern veranstaltet hatte. Und die obszönen Porzellanfiguren ließen ihn an Roland denken, den unbeliebten Klassenkameraden in der Primarschule. Seine Eltern besaßen den Dorfladen, und Roland versuchte sich die Zuneigung der Kinder mit Schleckereien zu erkaufen, die er aus dem Laden mitgehen ließ. Beim kleinen Hans Fritz von Allmen hatte er damit keinen Erfolg. Eher schon mit einem Heft, das Roland ihm einmal unter dem Siegel allergrößter Verschwiegenheit gezeigt hatte. Es enthielt Fotos von schönen Mädchen, in deren Blusen und Röcke er Fensterchen geschnitten hatte. Wenn man sie aufklappte, kamen BHs oder Schlüpfer von Unterwäschemodellen zum Vorschein. Und wenn man diese wiederum aufklappte, sah man die Brüste oder die Scham von Aktmodellen, die er, niemand wusste, wie, aufgetrieben hatte. Das Ganze war sehr unbeholfen und ohne Sinn für

Größenverhältnisse und Perspektiven zusammengeklebt, aber Hans Fritz war von da an doch eine Weile etwas freundlicher zu Roland in der Hoffnung, wieder einmal in den Genuss dieser Entkleidungen zu kommen. Es war ihm aber nie mehr vergönnt, und so gesellte er sich wieder zu denen, die Roland verachteten. Aber immerhin hatte er ein Stück Lebenserfahrung gesammelt: Er wusste jetzt, warum bestimmte Klassenkameraden plötzlich mit Roland auskamen. Und warum nach einer Weile nicht mehr.

Als auch die Erinnerungen an Roland und seine freizügigen Pin-ups nicht mehr genügten, um Allmen während der Suche bei Laune zu halten, hielt er sich damit über Wasser zu beobachten, wie verlegen der arme Carlos bei jeder Entdeckung einer neuen porzellanenen Schamlosigkeit wurde.

Aber auch dieses Vergnügen nutzte sich ab. Die Müdigkeit nahm überhand, und die Neugierde auf die nächste Entdeckung vermochte kaum mehr, ihn wach zu halten.

Und jetzt, erschöpft und durchfroren in diesem schmucklosen Treppenhaus, gelang es ihm nicht mehr, die Einsicht zu verdrängen, wie weit er doch gesunken war.

Das Surren der Lichtautomatik verstummte, und die Dunkelheit fiel über ihn wie ein schweres schwarzes Tuch. Die plötzliche Stille war ihm unheimlich, und es kam ihm vor, als sei eine Ewigkeit vergangen, seit Carlos hinuntergegangen war. Was konnte passiert sein? War jemand im Gebäude, und Carlos musste sich verstecken, bis die Luft wieder rein war?

Allmen tastete sich an der kalten Wand zum Lichtschalter. Er hatte sich die Stelle nicht gemerkt, wo er angebracht war, und das Lämpchen, das einst seinen Standort angezeigt hatte, war längst ausgebrannt.

Waren das Schritte?

Er tastete sich weiter. Da! Kühl und glatt das Bakelit des Schalters. Allmen legte den Zeigefinger auf die Mitte und wollte drücken. Aber halt! Was, wenn wirklich noch jemand im Haus war und plötzlich das Licht anging?

Er ließ die Hand sinken. In dem Moment flammte das Licht auf, und wenige Meter von ihm entfernt stand Carlos. »*Ya*«, sagte er, »erledigt.«

Er angelte die Treppenklappe herunter, und gemeinsam hievten sie ihre Koffer die steile Leiter hinauf.

Sie trugen alles, auch die Rollkoffer, bis zur Klapptreppe am anderen Ende des Gebäudes, aus Angst, mit den Rollgeräuschen auf sich aufmerksam zu machen.

Jetzt kam der riskanteste Teil der Operation: Mit vier Gepäckstücken die steile Dachbodentreppe runterzuklettern. Nicht wegen der Unfallgefahr, sondern wegen der Gefahr, erwischt zu werden. Wie sollten sie erklären, woher sie kamen und wohin sie gingen und was sie mit sich brachten?

Sie standen vor der eingezogenen Treppe und konnten sich nicht entschließen, den Schnappverschluss abzuschrauben und die Treppe hinunterzulassen.

Schließlich sagte Carlos: »Don John, je länger wir warten, desto mehr Leute sind im Haus.«

»Je mehr Leute im Haus sind, Carlos, desto unauffälliger sind wir.«

»Diese Leiter, Don John, kommen wir nur unauffällig runter, wenn uns niemand sieht.«

»Und wie stellen wir das an?«

»Esperemos por Dios.«

»Gott hilft den Dieben?«

»Si Dios quiere, wenn er will«, antwortete Carlos und schraubte das Schnappschloss ab.

Niemand betrat das Treppenhaus, während sie ihr Diebesgut die Holzleiter hinuntertransportierten. Carlos stieg noch einmal hinauf, schraubte das Schnappschloss wieder an, kam herunter und verstaute die Leiter. Den Stock mit dem Haken ließ er wieder in die beiden Klemmen einschnappen.

Sie öffneten die Brandschutztür zum Korridor.

Still und verlassen lag er da. Das einzige Lebenszeichen war ein schwacher Duft nach Kaffee.

Sie gingen los, eilig wie zwei Reisende, die schon ein wenig verspätet sind. Der Nadelfilz dämpfte das Geräusch der Rollen. Eine der Bürotüren stand einen Spalt offen. Von dort kam auch der Kaffeeduft, und als sie vorbeigingen, hörten sie kurz ein Geschirrklappern, das erste Geräusch, das in diesem Korridor an ihre Ohren drang.

Sie erreichten den Lift, doch als Allmen auf den Knopf drücken wollte, leuchtete im Display eine rote Null auf, und das Geräusch der Kabel war im Inneren zu hören.

Die Null wurde von einer Eins abgelöst. Und diese von einer Zwei. Jemand kam herauf.

Allmen und Carlos sahen sich an.

Die drei erschien im Display.

Und blieb. Und verlöschte.

»Gott hilft den Dieben«, murmelte Allmen.

15

Fast eine Viertelstunde warteten sie vor dem Bürohaus auf das Taxi, jeder in seinen Gedanken. Niemand betrat das Haus, aber zwei Leute verließen es. Eine junge Frau mit einem Fahrradhelm und ein Mann in mittleren Jahren mit zwei über Kreuz umgehängten Laptop-Taschen. Beide hinterließen beim Vorbeigehen eine Duftspur nach frisch gewaschen.

Es war ein grauer Morgen, aus dessen tiefhängenden Wolken ein kühler Nieselregen fiel.

»Bei allem Respekt, Don John«, sagte Carlos unvermittelt, »wir müssen diesen Crayanbala loswerden.«

»*Telepatía*, Carlos. Ich hatte gerade den gleichen Gedanken.«

»*Es debajo de usted*, Don John.«

Genau das ist es, dachte Allmen. Unter meiner Würde. Carlos hatte recht. »*Tiene razón*, Carlos. Es ist unter unserer beider Würde.«

So ermutigt, stiegen sie in das Taxi, das endlich vorfuhr. »Zum Hauptbahnhof«, bat Allmen.

Die Bahnhofshalle war voller eiliger Pendler. Viele trugen Umhängetaschen, damit sie ihre Hände frei hatten für ihr Croissant und den Pappbecher mit dem Frühstückskaffee.

Mitten im Gewimmel versuchten Gruppen asiatischer Touristen, sich zurechtzufinden, und elegante Geschäftsreisende, Haltung zu bewahren.

Auch Allmen und Carlos waren bemüht, ihr schweres Gepäck mit einem Rest von Grandezza durch den Strom der Reisenden zu schleusen.

An einem der Tischchen vor der Bahnhofsbrasserie ließen sie sich nieder. »Früher gab es an Bahnhöfen noch Gepäckträger«, seufzte Allmen.

»Früher war vieles besser«, antwortete Carlos.

»In meinem Leben schon«, gab Allmen zurück. Es klang etwas resigniert.

Sie warteten vergeblich auf Bedienung, und nach einer Weile beschlossen sie, dass genug Zeit verstrichen war. Ihr Rückzug vom Tatort war getarnt.

Sie gingen zum Taxistand, beluden einen angejahrten Mercedes und ließen sich nach Hause fahren.

Der Chauffeur war Spanier und verstand ihre Unterhaltung über ihre Reise nach Madrid, von der sie gerade zurückkamen.

16

So leicht wurden sie Krähenbühler allerdings nicht los. Sie waren noch keine zwei Stunden zurück, da stand er schon auf dem Teppich. Carlos und María hatten gerade noch Zeit, einen der beiden indiskreten Harlekine aus einem der Pilotenkoffer zu nehmen und den Rest der Beute in der Waschküche zu verstecken.

Allmen saß an seinem Stutzflügel und übte die

Nocturne in cis-Moll von Frédéric Chopin und überhörte – bewusst – Carlos' Klopfen.

Normalerweise würde dieser nun das Ende der *Nocturne* abwarten, bevor er ein zweites Mal klopfte. Aber diesmal ging die Tür auf, und Krähenbühler drängte sich an Carlos vorbei in das zur Bibliothek umgebaute Treibhaus herein.

»*Disculpe,* Don John«, entschuldigte sich Carlos.

Allmen spielte weiter und würdigte den Eindringling keines Blickes.

»Und?« Krähenbühler stand jetzt neben dem Bechstein.

Allmen spielte noch ein paar Takte, dann legte er die Hände auf die Oberschenkel und schaute auf.

Der Mann sah auf ihn herunter. »Hat alles geklappt? Fündig geworden?«

Allmen breitete sorgfältig den grünen Filz über die Tasten, klappte vorsichtig den schweren Deckel zu und erhob sich.

Carlos stand immer noch bei der Tür und machte eine entschuldigende Geste.

»Darf ich Ihnen eine Tasse Tee anbieten?« Der Mann sollte nur sehen, was Manieren sind.

Aber der Mann ignorierte die Frage. »Alles nach Plan gelaufen?«

»Einen Tee für mich, Carlos, bitte.«

Carlos zog sich zurück. Allmen bot Krähenbühler einen Fauteuil an, und als dieser sich nicht setzte, ließ er sich auf seinem Lieblingssessel nieder. »Es war eine lange Nacht.«

»Aber eine erfolgreiche?«

Allmen nickte. »Wir haben gefunden, was Sie dort vermutet haben.«

»Und wo ist es?«

»In Sicherheit.«

Allmen sah, wie sich das Gesicht des Sicherheitsexperten verfärbte. »Hör auf mit deinem arroganten Getue. Vergiss nicht, dass ich über dich Bescheid weiß, Bauerntölpel.«

Das bestärkte Allmen in seinem Entschluss, Krähenbühler loszuwerden.

Es klopfte, Carlos betrat den Raum und servierte den Tee. Danach setzte er sich dazu. Als Partner von Allmen International Inquiries.

»Herr Krähenbühler zweifelt am Erfolg unserer nächtlichen Expedition, Carlos. Wollen wir ihn überzeugen?«

Carlos ging hinaus und kam mit etwas in Seidenpapier Gewickeltem zurück. Sorgfältig und etwas zeremoniell packte er es aus und reichte es Allmen.

»Der Harlekin!«, stieß Krähenbühler aus und nahm Allmen die Porzellangruppe aus der Hand.

»Vorsicht, zerbrechlich.« Allmens Warnung klang ironisch.

Krähenbühler nahm das Kunstwerk auseinander und untersuchte es mit einem Gesichtsausdruck, der Allmen bedauern ließ, es ihm anvertraut zu haben. Er wandte sich ab und trank von seinem Tee.

»Und das war alles?«, fragte Krähenbühler schließlich.

Allmen ließ sich Zeit mit der Antwort. »Es gab noch ein paar andere Sachen.«

»In der Art?«

»In ähnlicher Art.«

»Und wann bekomme ich die zu sehen?«

»Sobald Allmen International Inquiries sie gefunden hat. Und dazu muss Allmen International Inquiries den offiziellen Auftrag erhalten haben, sie zu suchen. Und damit beginnt, wenn ich mich richtig an unsere Abmachung erinnere, Ihr Teil des Jobs.«

Carlos und Allmen sahen Krähenbühler schweigend an, während dieser nach Worten suchte. Als er keine fand, winkte er wütend ab und wandte sich zur Tür. »Sie werden von mir hören.« Es sollte wie eine Drohung klingen.

Sie warteten, bis sie das Zuschlagen der Haustür und die wütenden Schritte auf dem Plattenweg vernahmen.

Carlos stand auf. »Ich kümmere mich darum.«

»*Gracias,* Carlos.« Allmen trank den Rest seines

Tees, setzte sich an den Flügel und begann wieder, die *Nocturne* zu üben.

Er sah nicht auf, als Carlos und María mit den Gepäckstücken vor dem Stück Glasscheibe vorbeigingen, das zwischen zwei Büchergestellen sichtbar war.

17

Die Vorsichtsmaßnahme, die Porzellane zu verstecken, erwies sich als überflüssig. Weder erhielten sie Besuch von der Polizei noch wurde versucht, im Gärtnerhaus einzubrechen. Auch vonseiten Krähenbühlers herrschte seltsames Schweigen.

Und Allmen International Inquiries darbte weiter. Zwei potentielle Klienten entpuppten sich als Kunstsammler, die den Firmenslogan *»The Art of Tracing Art«* missverstanden hatten und dachten, es handle sich um eine Kunstvermittlung.

Normalerweise bewältigte Allmen seine Krisen, indem er sie ignorierte. Aber diesmal gelang ihm das nicht. Diesmal hatte er es mit einer neuen Art von Schwermut zu tun. Einer, die ihn ausfüllte und alles um ihn herum verdunkelte.

Er konnte ihre Ursache erahnen: Er hatte seine Unabhängigkeit verloren. Außer während seiner

Schulzeit hatte ihm noch nie jemand sagen können, was er zu tun habe. Er war immer frei gewesen, zu tun und zu lassen, was er wollte. Selbst in seinen größten Krisen. Selbst als er alles verloren hatte und gezwungen war, die Villa aufzugeben, war er Herr seiner selbst geblieben. Natürlich war es ihm dann schlechtgegangen, aber nie hatte ihn etwas so deprimiert wie diese Situation. Jemandem auf Gedeih und Verderben ausgeliefert zu sein. Und dann noch jemandem wie Krähenbühler. Dass der ihn zwingen konnte, etwas so Erniedrigendes wie einen Lagerhauseinbruch durchzuführen, schmetterte ihn nieder.

Allmen war nie ein Frühaufsteher gewesen, aber jetzt kam es vor, dass er erst am späten Nachmittag sein Bett verließ und den Rest des Tages unrasiert in einem seiner Satinhausmäntel lesend oder einfach vor sich hinstarrend verbrachte.

Marías Diagnose lautete: *»Depresión.«*

»Und die Ursache?«, fragte Carlos.

Ihre Antwort kam ohne Zögern: »Kein Geld. Kein Respekt. Keine Frau.«

Auf seinem Aufsitzmäher bei seiner meditativsten Gartenarbeit fasste Carlos den Entschluss, wenigstens bei zwei der drei Krankheitsursachen Abhilfe zu schaffen.

Er stellte die Arbeit ein, noch bevor der Rasen

fertiggemäht war, zog sich um und mixte eine seiner nicht zu süßen und nicht zu trockenen Margaritas. Dann klopfte er an die Tür der Bibliothek.

Erst nach dem zweiten Klopfen vernahm er Allmens schwache Stimme *»Pase!«* rufen.

Carlos trat ein.

Er sah Allmen an, dass er auf seinem Sessel eingenickt war. Seine Augen blinzelten, als müsste er sie fokussieren. Das Buch, in dem er gelesen hatte, der zweite Band von Balzacs *Glanz und Elend der Kurtisanen,* lag am Boden.

Carlos stellte das Tablett mit dem Drink auf das Beistelltischchen neben Allmen, hob das Buch auf, rückte seinen Schuhputzhocker heran und setzte sich.

Irritiert musterte Allmen das Kelchglas mit dem salzigen Rand und dem verwegenen Zitronenschnitz. Noch nie hatte Carlos ihm unaufgefordert einen Drink gebracht.

»*Salud,* Don John.«

Allmen nahm einen Schluck, nickte anerkennend, nahm noch einen zweiten und stellte das Glas zurück.

Carlos suchte nach Worten. Er fand keine verblümte Art, es zu sagen, und entschied sich für: »Ich respektiere Sie sehr.«

»Danke, Carlos. Ich Sie auch.«

»Aber Sie sind ein Don, Don John.«

Allmen hatte es noch nie für nötig oder klug gehalten, seinem Diener die Wahrheit über sich zu erzählen. Aber jetzt hörte er sich sagen: »Mein Vater war nur ein Bauer.«

»Ein sehr ehrbarer Beruf«, antwortete Carlos.

Allmen lächelte. »Aber adelig bin ich nicht.«

»Für mich schon, adelig vom Herzen.«

Allmen griff nach dem Glas und nahm den letzten Schluck. Als er es abstellte, verschwamm es ihm ein wenig vor den Augen.

Beide schwiegen eine ganze Weile. Bis Carlos sagte: »Sie müssen ausgehen. Unter die Leute.«

Allmen winkte ab. »Zu müde.«

Carlos griff in seine Brusttasche. *»Con todo el respeto …«* Er zog drei Tausenderscheine heraus und reichte sie Allmen.

»Was ist das?«

»Für Sie, Don John.«

»Nein, es gehört mir nicht.«

»Aber es gehört *zu* Ihnen.«

Wieder verschwamm die Bibliothek ein kleines bisschen vor Allmens Augen.

Carlos erhob sich von seinem Schuhputzhocker. »Ich lasse das Bad einlaufen, Don John.«

18

Der Abend ließ sich dann ganz gut an. Allmen wählte einen anthrazitgrauen Dreiteiler von seinem etwas vernachlässigten römischen Schneider aus Super 170's australischer Merinowolle von 12 Micron, den er noch nie getragen hatte, und bestellte Herrn Arnold auf kurz vor der Aperitifzeit zur Villa Schwarzacker.

Auch das Wetter machte mit und gönnte der Stadt einen fast südländischen Frühsommerabend, der nach Flieder und Sommerlinden duftete.

Der Fleetwood war frisch poliert, und die weinroten Lederpolster rochen nach dem Pflegemittel, das Herr Arnold selbst zubereitete und dessen Rezeptur sein strenggehütetes Geheimnis war.

Vor der Goldenbar steckte er ihm sieben von Carlos' Hundertern zu. Aus Arnolds Reaktion zu schließen waren damit seine Schulden bei ihm mehr oder weniger beglichen.

In der Bar lief Jorges Lieblings-Frank-Sinatra-Compilation. Das warme Licht, das sich in den mit Goldfolie tapezierten Wänden reflektierte, ließ die Damen jung und die Herren wohlhabend erscheinen.

Jorge war schon dabei, eine Margarita zu mixen, Allmens Operncocktail. Obwohl er nicht auf dem

Weg in die Oper war, hatte er nichts dagegen. Jorges Margaritas konnten es mit denen von Carlos aufnehmen.

Jorge nahm das auf Hochglanz polierte Messingschild »Réservé« vor dem letzten freien Barhocker weg und stellte die Margarita an dessen Stelle.

Allmen setzte sich. Frank Sinatra sang *Moon River,* im Stimmengemurmel perlte manchmal ein Lachen auf und zerplatzte an der goldenen Decke, die Margarita schmeckte wie ein Sonnenuntergang in Mar del Plata, die Luft duftete nach Parfums und Cocktails. Allmen war zum ersten Mal seit vielen Tagen glücklich.

An einem der Tischchen neben der Bar saß eine Frau alleine. Der Stuhl neben ihr war frei. Vielleicht erwartete sie jemanden, vielleicht benötigte sie den zweiten Stuhl aber auch nur für ihren ausladenden geblümten Rock, in dem sie saß wie in einem Daunenduvet und der auf beiden Seiten über die Armlehnen quoll. Über die Schultern hatte sie einen Seidenschal geworfen, dessen Purpur zu den Blütenblättern der Blumen auf ihrem Kleid passte. Sie hatte einen bunten Cocktail mit Trinkhalm, Papierschirmchen und Ananasschnitz vor sich stehen und starrte in ihr Smartphone.

Sie trug ihr schwarzes Haar mit einer großen Haarnadel hochgesteckt, in der metallene Verzierungen glänzten. Von ihrem Gesicht war nur die Stirn zu sehen. Deren Haut war so hell wie die ihrer Arme.

Wie eine von Kändlers Porzellanfiguren, fuhr es Allmen durch den Kopf. Und er konnte sich nicht daran hindern, sie sich als eine von dessen frivoleren Exemplaren vorzustellen.

Als hätte sie Allmens Blicke gespürt, sah sie plötzlich auf und ihm direkt in die Augen. Möglich, dass er etwas errötete.

Ihre Augen waren groß und heller, als ihre Haarfarbe hatte vermuten lassen. Sie wandte ihren Blick nicht ab, und Allmen wusste sich nicht anders zu helfen, als ihr mit seiner Margarita zuzuprosten. Sie lächelte und nahm den Trinkhalm ihres Phantasiecocktails zwischen die dunkelrot geschminkten Lippen.

Auf der linken Wange hatte sie einen Schönheitsfleck. Wie eine Dame aus dem Rokoko, die eine Mouche in die Nähe einer besonders hübschen Stelle klebte, um die Aufmerksamkeit ihrer Verehrer darauf zu lenken.

Sie wandte sich wieder ihrem Smartphone zu. Beiläufig streifte sie den Schal ab und legte ihre weißen Schultern frei. Und ein tiefes Dekolleté.

Sie hielt den Kopf nun wieder gesenkt, aber Allmen glaubte in ihrem halbverborgenen Gesicht ein kleines Lächeln zu entdecken.

Er winkte Jorge herbei, und als er sah, dass dieser ihn missverstanden hatte und begann, eine neue Margarita zu mixen, machte er keine Anstrengungen, das Missverständnis aufzuklären. Als Jorge das leere Glas gegen das volle austauschte, raunte er ihm zu: »Kennen Sie die Dame an Tisch neun?«

Jorge nickte lächelnd.

»Auf wen wartet sie?«

Der Barkeeper hob fast unmerklich die Schultern und sagte: »Wenn Sie wollen, auf Sie.«

Dabei hatte Allmen vorgehabt, Carlos' Spende darauf zu verwenden, Jorges Guthaben auszugleichen.

19

Der Lagerraum, den Herr Krähenbühler für die Zwischenlagerung seines Hausrats während seines Auslandaufenthaltes ins Auge fasste, befand sich ebenfalls im vierten Stock, ganz in der Nähe von dem von Sterner Söhne.

Herr Enderlin hatte dem potentiellen Kunden die Tür aufgeschlossen und zeigte ihm den leeren Büroraum. Er wies auf den großen ringförmigen Wasserfleck beim Fenster. »Zimmerpalme, Aquakultur«, sagte er vorwurfsvoll.

An einer Wand war ein Regalsystem für Schachteln montiert, an einer anderen stand die gleiche Schrankwand wie in den anderen Büros.

Krähenbühler sah sich um. »Von der Größe her sollte das reichen für meine Zweizimmerwohnung.«

»Wenn kein Flügel dabei ist, normalerweise schon«, war Enderlins sachkundige Antwort. »Aber wenn Sie den Umzug mit uns machen, kommt vorher auf jeden Fall einer unserer Experten vorbei und rechnet die Kubikmeter aus.«

Krähenbühler öffnete und schloss die Schranktüren und prüfte die Stabilität des Regalsystems, indem er daran rüttelte.

»Normmaße. Da passen Umzugskartons der Formate Bücher, Geschirr und Wäsche rein. Trägt bis hundert Kilo pro Einzelfach.«

Krähenbühler nickte anerkennend. »Alles überzeugend. Jetzt nur noch die Sicherheitsfrage.«

»Welche Sicherheitsfrage?«

»Wie ist das Lagergut geschützt? Mit welchem Sicherheitssystem arbeiten Sie? Mir ist bisher nichts in der Art aufgefallen. Bewegungsmelder, Magnetkontakte et cetera. Alarmanlage. Was ist da Ihr Konzept?«

»Die Eingangstür ist ein neues Hochsicherheitsmodell, die Erdgeschossfenster sind vergittert und ansonsten: Schlösser und Schlüssel. Uns ist in den ganzen Jahren noch nie etwas weggekommen.« Enderlin schien etwas beleidigt.

»Das glaube ich Ihnen gern. Man möchte nur nicht der Erste sein, verstehen Sie? Dieses Porzellanlager dort vorne, zum Beispiel. Das muss ganz schön was wert sein.«

»Darüber machen Sie sich mal keine Gedanken. Da passiert nichts.«

»Wie machen Sie denn Kontrollen?«

»Ich mache jeden Morgen um acht einen Rundgang.«

»Auch am Wochenende?«

Krähenbühler sah Enderlin an, dass er einen wunden Punkt getroffen hatte.

»Auch am Wochenende«, log Enderlin tapfer.

»Und wie merken Sie, wenn etwas fehlt?«

»Wir verfügen über ein Inventar.«

Krähenbühler lachte kurz auf. »Sie wollen doch nicht behaupten, dass Sie den Inhalt jeder Schachtel täglich kontrollieren?«

»Die Kartons sind ja versiegelt. Wir überprüfen nur ihre Anzahl.«

Krähenbühler wiegte skeptisch den Kopf. »Ich werde mir das noch einmal überlegen müssen.«

20

Es war kurz nach zehn Uhr vormittags. Carlos half María, die Leintücher zusammenzulegen, das kleine Vestibül war dazu gerade groß genug.

Die Haustür wurde geöffnet, und Allmen trat ein. Er wirkte etwas zerknittert, aber bester Dinge.

»Muy buenos días«, wünschte er fröhlich und schob sich an ihnen vorbei ins Wohnzimmer. Sie hörten die Tür zum Bad gehen.

Carlos und María wechselten einen wissenden Blick und konzentrierten sich wieder darauf, das letzte Leintuch über die Ecken zu strecken, glattzuziehen und exakt zu falten.

Danach machte sich Carlos daran, Allmen das Frühstück zuzubereiten. Sein Spezialfrühstück für solche Morgen: Gemüsesaft aus Karotten, Sellerie und Äpfeln; drei Spiegeleier mit Speck; einen Liter Wasser mit Eis; zwei Alka-Seltzer.

Kurz vor zwölf saß Allmen wie aus dem Ei gepellt und nach einem seiner Eaux de Toilette duftend am Klavier und improvisierte zum Thema *Moon River,* das ihm seit dem Vorabend nachlief. Es ging ihm viel besser.

Bis es klingelte und Carlos nach ein paar Minuten »*el señor* Crayanbala« anmeldete.

Krähenbühler schien immerhin seit dem letzten

Mal etwas gelernt zu haben und wartete hinter Carlos, bis dieser ihn hereinbat.

Allmen bot ihm einen Sessel an, und diesmal setzte sich der Besucher. Carlos nahm auf seinem Schuhputzhocker Platz, ohne abzuwarten, ob Allmen Tee anbieten wollte.

»Wir haben ein Problem«, sagte Krähenbühler.

Allmen hatte nicht vor, sich seine neuerworbene gute Laune verderben zu lassen. »Und das wäre?«, fragte er leichthin.

»Sie haben zu sauber gearbeitet. Bisher wurde die Sache nicht bemerkt. Und es kann Wochen oder Monate dauern, bis es jemandem auffällt. Sie hätten Spuren hinterlassen müssen.«

Allmen und Carlos sahen sich überrascht an.

»Darüber haben wir nie gesprochen«, warf Allmen ein. »Unser Job bestand darin, die Sachen verschwinden zu lassen und später wieder zum Vorschein zu bringen. Die Kommunikation fällt in Ihren Bereich.«

»Und wie stellen Sie sich das vor?« Krähenbühler war bereits dabei, die Zurückhaltung, die er sich offenbar auferlegt hatte, zu verlieren. »Soll ich zur Loginew gehen und sagen, sie sollen mal im Lager von Sterner Söhne nachschauen, ob da nicht etwas fehlt?«

»Ich weiß es nicht, Herr Krähenbühler, ich

musste mir das nicht überlegen. Es war nicht unsere Aufgabe. Allmen International Inquiries hat ihren Teil der Aufgabe erfüllt. Der Rest ist Ihr Bier.«

Allmen hatte jetzt ebenfalls gereizt geklungen. Nun schwieg er und versuchte, wieder etwas von dem Schwebezustand zurückzugewinnen, der ihn seit der vergangenen Nacht getragen hatte.

»So kommen wir nicht weiter«, sagte Krähenbühler schließlich. Er klang jetzt wieder ganz vernünftig.

Zum ersten Mal ließ sich Carlos vernehmen. »Und wie kommen wir weiter?«

»Indem Sie Spuren hinterlassen.«

»Ich?«

»Allmen International Inquiries.«

Allmen hatte eine andere Idee: »Weshalb geben wir nicht einfach einen anonymen Hinweis?«

»Weil ich heute beim Lagerverwalter die ungenügende Sicherung genau dieses Porzellanlagers angesprochen habe. Wenn jetzt ein anonymer Hinweis auf den Raub eintrifft und kurz darauf ich auftauche und mich als Security-Spezialist zu erkennen gebe, wie sieht das dann aus? Nein, der Raub muss zufällig von Loginew entdeckt werden, und wir müssen diesem Zufall nachhelfen.«

»Wir?«, fragte Allmen.

»Sie.«

Allmen schüttelte den Kopf. »Kommt überhaupt nicht in Frage.«

»Dann werde ich Herrn Steinthaler einweihen müssen.«

Allmen schüttelte den Kopf. »Das wird Ihnen nichts nützen. Sie selbst haben mich vor ihm entlastet.«

»Ich kann Sie jederzeit wieder belasten. Ich werde ihm sagen, ich hätte Zweifel an Ihrer Version bekommen, und ihn fragen, wie er das Video interpretiert. Das kennt er ja noch nicht.«

21

Mit leichtem Gepäck war die Sache natürlich einfacher. Jeder trug eine Mappe, Carlos mit dem wenigen Werkzeug, das er benötigte. Allmen ohne Inhalt. Er hatte sie nur dabei für den Fall, dass er Lust verspürte, seine neue kleine persönliche Porzellansammlung um das eine oder andere Stück zu erweitern.

Sie waren etwas früher dran als beim letzten Mal, in der Hoffnung, bei etwas Betrieb weniger aufzufallen. Aber die Lobby war menschenleer, und niemand wartete mit ihnen auf den Lift.

Wieder leuchtete die Vier auf, als sie auf den

Knopf drückten, und wieder dauerte es eine kleine Ewigkeit, bis der Lift endlich unten war.

Als sich die Tür öffnete, erschraken sie. Die Kabine war nicht leer. Der Bärtige vom letzten Mal kam heraus und gab etwas von sich, das ein Gruß hätte sein können.

Als sich die Tür geschlossen hatte und der Lift sich mit einem Ruck in Bewegung setzte, fragte Allmen: »Glauben Sie, er hat uns erkannt?«

»No creo«, bekam er zur Antwort, ich glaube nicht.

Für Allmen klang es nicht überzeugend.

Im Treppenhaus erwartete sie eine Schwierigkeit: Die Lichtautomatik funktionierte nicht mehr. Sie konnten auf den Knopf drücken, so viel sie wollten, es blieb dunkel. Sie mussten den heikelsten Teil ihrer Operation im Licht der Taschenlampe ausführen.

Allmen hielt sie, und Carlos angelte mit dem Haken des Stocks nach der Öse der Treppenklappe. Das erwies sich diesmal als schwieriger, weil der Schlagschatten, den die Taschenlampe erzeugte, die Sicht verschlechterte.

Als es ihm endlich gelang, hörten sie ein Geräusch hinter der Brandschutztür zum Korridor. Allmen holte den Stock ein, und sie eilten eine Treppe tiefer und warteten, bis es lange genug still war.

Diesmal ging es schneller, bis Carlos eingefädelt hatte, und sie erreichten den Dachboden ohne Störung.

Als sie die Leiter hochgehievt und eingezogen hatten, stellte sich heraus, dass die Lichtpanne auch den Dachboden betraf. Sie folgten Carlos' Lichtkegel bis zu der Tür, die die beiden Dachböden trennte.

Sie fanden sie vor, wie sie sie verlassen hatten. Carlos hatte den Riegel mit dem Vorhängeschloss im Nu abgeschraubt. Das Licht in dieser Hälfte funktionierte.

Carlos demontierte das Schnappschloss der Deckenluke und ließ sorgfältig die Leiter runter. Er schraubte den Verschluss wieder an, sie kletterten hinunter, schoben die Treppe wieder hinauf, und die Klappe rastete ein. Carlos ließ den Stab mit dem Haken in seine Klemmen einrasten.

Vor dem Lager Nummer 46234 öffnete Carlos seine Mappe und entnahm ihr eine Rohrzange und einen Schraubenzieher. Er schraubte den Türbeschlag ab. Jetzt ragte der Zylinder des Schlosses so weit aus dem Holz, dass er ihn mit der Rohrzange fassen konnte. Er bewegte ihn einmal kräftig nach links und einmal kräftig nach rechts. Ein trockenes Knacken, und schon ließ sich der Zylinder herausnehmen und die Tür öffnen.

Allmen fragte nicht, wo Carlos das gelernt hatte.

Sie gingen gleich vor wie beim ersten Mal. Sie ließen vorsichtig die Rollläden herunter und knipsten erst dann die Taschenlampe an.

Auch hier: Alles, wie sie es verlassen hatten.

Sie begannen, die Kartons von den Regalen zu heben und die Klebebänder aufzuschneiden. Sie öffneten die Kartons, nahmen ein paar Päckchen heraus, öffneten sie und ließen die Figurinen, die sie enthielten, auf dem Boden liegen.

Mit allen Kartons verfuhren sie so. Einige stellten sie wieder auf die Regale, die anderen ließen sie einfach am Boden stehen.

Immer, wenn sie auf eine Figur aus der Affenkapelle stießen – verkleidete Äffchen, die ein Instrument spielten –, legte Allmen sie für seine persönliche Sammlung in seine Mappe. So kam er zum Geiger, zur Mandolinenspielerin, zur Sängerin, zur Harfenistin, zum Querflötenspieler, zum Klarinettisten und – besonders kurios – zum Musikdirektor mit langer weißer Perücke, der auf einem Affen ritt und Spinett spielte.

Die Aufgabe, Spuren zu hinterlassen, war bald erfüllt. Der Lagerraum glich dem Zimmer eines Messies. Überall Schachteln, Papierknäuel, halb oder ganz ausgepackte Porzellanfiguren.

Sie löschten die Taschenlampe, und Carlos zog

die Rollläden hoch. Vorsichtig, um nicht auf Porzellan zu treten, staksten sie zur Tür. Sie ließen sie angelehnt, gingen durch den Korridor zur Brandschutztür, öffneten sie und machten Licht im Treppenhaus.

Allmen fühlte sich schon beinahe in Sicherheit.

Carlos nahm den Stock mit dem Haken von den Klemmen und angelte nach der Öse der Deckenklappe. Er hatte schon etwas Übung darin und erwischte sie rascher als sonst.

Der Schnappverschluss leistete Widerstand. Carlos zog stärker. Der Verschluss gab nicht nach. Jetzt packte auch Allmen den Stock mit beiden Händen. Noch immer bewegte sich der Verschluss nicht.

Sie zählten leise: *»Un, dos, tres!«*

Bei *»tres«* rissen sie gemeinsam mit einem Ruck am Stock. Der Widerstand ließ nach, und etwas fiel mit einem metallischen Klimpern auf den Waschbeton.

Es war die Öse des Schnappverschlusses.

Carlos hob sie auf und betrachtete die Bruchstelle.

Er sah Allmen an und sagte nur: *»Atrapados.«* Gefangen.

Zweiter Teil

1

Die wirksamste Sicherheitsvorrichtung des Lagerhauses der Loginew war die Eingangstür. Es war eine Sicherheitstür mit gehärteter Schutzrosette und Stahlunterlagsplatte ohne vorstehenden Zylinder. Keine Chance für Carlos, mit Rohrzange und Schraubenzieher etwas dagegen auszurichten.

Die Fenster des Erdgeschosses waren vergittert. Und die Bruchstelle der Öse der Treppenklappe lag tief in ihrer Nut.

Sie waren tatsächlich gefangen.

»*Hay que llamar al señor Crayanbala*«, schlug Carlos vor.

Stimmt, dachte Allmen, Krähenbühler war der einzige Mensch auf der Welt, dem sie ihre Situation erklären konnten.

»Aber was könnte er tun, Carlos?«

»Den Señor ablenken, der morgen den Kontrollgang macht.«

Stimmt. Krähenbühler hatte erwähnt, dass er mit dem in Kontakt sei, der im Lager die Kontrollgänge mache.

Allmen wählte seine Nummer. Gleich nach dem ersten Klingeln kam die Ansage, dass die angerufene Person nicht erreichbar sei.

»No contesta?«, fragte Carlos besorgt.

»Nein, antwortet nicht.«

»Don John, ein Vorschlag.«

»Ich bitte darum, Carlos.«

»Wir müssen uns verstecken, bis jemand kommt. Irgendwo, von wo aus man die Treppe zum Eingang im Auge behalten kann.«

»Buena idea.«

Carlos ging in die Portiersloge zum Schreibtisch und kam mit dem Schlüsselbund zurück. Sie betraten den Korridor des Erdgeschosses. Er unterschied sich nicht von dem der anderen Stockwerke: fleckiger Nadelfilz, in die falschen Decken eingelassene Neonleuchten, von denen die eine oder andere flackerte; Bürotüren auf beiden Seiten, die mit Nummern beschriftet waren.

Sie öffneten die erste. Der Raum war vollgepfercht mit Umzugskartons mit einer Beschriftung, die nach Allmens Ansicht finnisch war. Der Raum kam nicht in Frage, die Fenster waren verstellt.

Der nächste Lagerraum enthielt chinesische

Fahrradreifen. In Schachteln, offen oder gebündelt, in allen Profilen und allen Farben. Es wäre genug Platz vorhanden gewesen, und die Fenster waren unverstellt, aber vom Kunststoff, aus dem die Billigware gemacht war, ging ein penetranter Geruch aus.

Das dritte Lager, das sie öffneten, war einladender. Es enthielt das Umzugsgut einer Familie mit Kindern, zusammengewürfelt aus Bananenschachteln und mehrfach gebrauchten Kartons verschiedener Umzugsfirmen. Die Möbel bestanden aus einer Mischung aus Secondhand, Antiquitäten und Ikea. Ein großes, von den Kindern und der Katze etwas mitgenommenes Sofa stand in der Nähe eines der Fenster. Sie brauchten nur zwei mit Plüschtieren überquellende Kartons wegzuräumen, und schon verfügten sie über einen bequemen Ort, den Rest dieser Nacht zu verbringen. Der vielleicht letzten in Freiheit.

Sie setzten sich und schwiegen eine ganze Weile. Allmen konzentrierte sich darauf, das zu tun, was er in solchen Situationen am besten verstand: die Wirklichkeit zu verdrängen.

Aber Carlos hatte gelernt, der Wirklichkeit ins Auge zu blicken. Und wenn sie mit ihm nicht gnädig war, sich gegen sie zu wehren.

»Wir müssen ihn nochmals anrufen«, ordnete er an.

Allmen schreckte aus seinen Gedanken auf. »Wen anrufen?«

»Crayanbala.«

Allmen rief Krähenbühler also wieder an. Wieder ohne Erfolg.

»Dann eben María«, stellte Carlos entschlossen fest.

Dass María der zweite Mensch auf der Welt war, dem sie ihre Situation erklären konnten, hatte Allmen auch schon bedacht. Aber er verstand, dass es für sie, vor allem für Carlos, von Vorteil wäre, wenn sie sich ohne ihre Hilfe aus dieser Situation befreien könnten. Oder noch besser: wenn sie nie erfahren würde, dass sie sich je in dieser Situation befunden hatten. Aber Carlos hatte natürlich recht: Sie um Hilfe zu bitten war das kleinere Übel, als erwischt und eingesperrt und danach des Landes verwiesen zu werden.

»Vale«, antwortete Allmen, okay.

María meldete sich bereits nach dem ersten Klingeln. Carlos zog sich in die hinterste Ecke des Lagerraums zurück und führte ein langes gedämpftes Gespräch. Als er endlich zurückkam, nickte er Allmen zu. »Sie wird uns helfen.«

Es war drei Uhr morgens. Noch vier oder fünf Stunden, bis sich ihr Schicksal entschied. Allmen versuchte, in die Nacht mit Feodora zurückzukriechen, so hieß beziehungsweise so nannte sich die Schöne aus der Goldenbar, die ihn sein Elend ein bisschen hatte vergessen lassen. Aber es gelang ihm nicht. Je heller sich die Zwischenräume zwischen den Leisten der Rollläden abzeichneten, desto schwerer ließ sich die Wirklichkeit verdrängen.

»*Disculpe*«, sagte er, »entschuldigen Sie, Carlos, dass ich Sie da hineingezogen habe.«

»Kein Problem«, antwortete Carlos, »wir sind Partner.«

»Aber wenn ich erwischt werde, bekomme ich eine Strafe auf Bewährung. Wenn Sie erwischt werden, bekommen Sie eine Strafe, und wenn Sie sie abgesessen haben, fliegen Sie aus dem Land.«

Carlos lächelte traurig. »Ich bin es gewohnt, weggejagt zu werden.«

»Aber María ...«

»María ist es auch gewohnt. Aber Sie, Don John, Sie verlieren Ihr Gesicht.« Und nach einer Pause: »Wir nicht. Wer keine Papiere hat, hat auch kein Gesicht.«

Beide brüteten über dieser Erkenntnis.

Plötzlich hatte Allmen eine Idee. »Carlos«, sagte er, »wer kein Gesicht hat, der wird auch nicht erkannt.«

Und sie fingen an, die Umzugskartons zu durchstöbern.

2

María Moreno hatte Herrn Arnold gebeten, ausnahmsweise den Mercedes Diesel mit dem normalen Taxischild zu benutzen. Weniger auffällig. Es war nicht das erste Mal, dass er für Herrn von Allmen, wie er ihn bei sich nannte, Fahrten machte, bei denen Unauffälligkeit eine Rolle spielte. Deswegen wunderte er sich auch nicht, dass sie ihn auf sechs Uhr bestellte und sich alleine in ein etwas aus der Mode gekommenes Industriequartier fahren ließ.

Dort bat sie ihn, bei einer Kreuzung zu parken und auf Herrn Allmen und Carlos zu warten. Es könne eine Stunde dauern oder zwei. Er solle nicht losfahren ohne die beiden.

Er sah ihr nach, wie sie zwischen den Industriebauten verschwand.

Schräg gegenüber dem Gebäude mit der Aufschrift »LOGINEW International Transports & Relocation« befand sich ein verlassenes Fabrikgebäude, in dessen unkrautüberwuchertem Vorhof ausgediente Baumaschinen herumstanden. Der Maschenzaun war rostig und schadhaft, und María hatte keine Mühe, das Areal zu betreten und hinter einem zerfallenden Baustellenwagen in Deckung zu gehen, mit guter Sicht auf den Eingang.

Sie stellte Carlos' Nummer ein, sagte ihm, dass

sie jetzt Position bezogen habe, beschrieb ihm den Weg zu Herrn Arnolds Wagen und wünschte ihm Glück. Auf seine Beteuerung, wie sehr er sie liebe, ging sie nicht ein.

Kurz vor halb acht entstand Bewegung beim Nebenhaus der Loginew, dort, von wo ihre beiden *tontos,* ihre zwei Dummköpfe, ins Lagerhaus eingestiegen waren. Eine Frau mit einem Fahrradhelm kam heraus, begab sich in einen Unterstand an der Hausmauer, kam mit einem Fahrrad heraus, schwang sich darauf und fuhr los. Zehn Minuten später trat ein Bärtiger aus dem Haus und ging zu einem der Autos, die am Straßenrand geparkt waren. Sie hörte, wie er lange den Anlasser quälte, bis der Wagen endlich ansprang und davonfuhr.

Danach geschah eine ganze Weile nichts. Bis eine Gruppe lautstarker junger Leute herauskam und den Weg zwischen den Industriebauten einschlug, den María gekommen war. Unmittelbar darauf fuhr ein Kombi mit der Aufschrift »Visutrend, Konzeption und Realisation Ihrer Visualisierungslösungen« vor. Der Wagen parkte, zwei jüngere Männer stiegen aus und gingen auf das Nebengebäude zu.

Kaum waren sie in der Tür verschwunden, fuhr wieder ein Wagen heran. »LOGINEW« stand in roten Lettern darauf. Den Rest konnte sie nicht lesen, weil sie schon in Bewegung war, durch die Öffnung im Zaun auf die Straße trat und auf das Lagerhaus der Loginew zuging.

Der Fahrer des Wagens war ein dicker älterer Mann, der etwas länger brauchte, um auszusteigen. María hatte die Treppe zum Hauseingang vor ihm erreicht und musste einen kurzen Augenblick auf ihn warten.

»Señor Enderlin?«, fragte sie.

Enderlin war überrascht, und zwar angenehm. Es kam nicht oft vor, dass ihn junge Frauen dieses Aussehens am frühen Morgen so strahlend begrüßten.

»Ganz genau. Und wer sind Sie?«

Sie streckte ihm die Hand entgegen. »Francisca Gomez, *encantada.*«

»Freut mich.« Enderlin nahm ihre Hand und hielt sie für die nächste Frage fest. »Was kann ich für Sie tun?«

»Man hat mir gesagt, Sie seien der Chef der Lagerräume.«

»Wer hat Ihnen das gesagt?«

María überhörte die Frage. »Ich bin zuständig für die Relocation unserer Expats. Wir haben ein paar kolumbianische Familien unterzubringen, und Ihre Firma wurde mir empfohlen.«

Sie hatten jetzt die Tür erreicht. Enderlin zog einen Schlüsselbund aus der Hosentasche, der mit einer Kette an seinem Gürtel befestigt war, und schloss auf.

»Und da dachte ich, Sie könnten mir vielleicht ein paar Lagerräume zeigen.«

Enderlin kam nicht mehr aus dem Lächeln heraus. »Soso, dachten Sie. Normalerweise läuft das über die Logistik.«

Wieder zeigte María ihre herrlichen Zähne. »›Normalerweise‹ ist nicht meine Arbeitsweise. Ich liebe den direkten Zugang. Schneller, effizienter. Und macht mehr Spaß.«

Enderlin war zwar nicht mehr der Jüngste, aber für Spaß war er noch immer zu haben. »Na, dann wollen wir mal ein paar Lager anschauen. Ganz unnormal.« Jetzt lachte der Lagerverwalter laut.

Enderlin ging für »ein Momäntli« in die Portiersloge und holte den Bund mit den Lagerschlüsseln. »Dann fangen wir mal unten an.«

Frau Gomez schenkte ihm ihr frivolstes Lächeln. »Ich fange lieber oben an, Señor Enderlin.«

Sie hatten den Aufzug beinahe erreicht, als vom Korridor her, den sie soeben verlassen hatten, laut und deutlich das Klingeln eines Smartphones zu vernehmen war.

3

»Hören Sie das auch?«

Nein sagen konnte María Moreno nicht gut. Sie sagte schulterzuckend: »Ein Handy.«

Enderlin ging bereits in die Richtung, aus der das Klingeln kam und jetzt verstummte.

»Hier darf es um diese Zeit niemanden mit einem Handy geben.«

In diesem Moment rannten zwei Gestalten um die Ecke, eine kleine und eine große. Sie trugen Mappen und hatten etwas über den Kopf gezogen, das aussah wie bunte Kinderpyjamahosen. Die Hosenbeine waren hinter dem Kopf verknotet, und dort, wo die Augen waren, befanden sich unförmig ausgeschnittene Gucklöcher.

Enderlin ließ die beiden erschrocken passieren und stieß nur ein schwaches »Halt, halt!« aus.

Die beiden Erscheinungen rannten zur Tür und hinaus ins Freie.

»Haben Sie das gesehen?«, fragte Enderlin.

4

Es war kein Zufall, dass Krähenbühler an diesem Morgen in der Geschäftsleitungsetage der Loginew anzutreffen war. Er hatte Punkt acht einen Termin mit Remo Rusterholz, dem geschäftsführenden Direktor der Firma. Er hatte sich als Geschäftsführer der Allsecur Security Systems angemeldet und sich nicht wie ein Vertreter abwimmeln lassen. Es handle sich um schwerwiegende Sicherheitsmankos, die er anlässlich von zwei Testbesuchen im Lager der Loginew festgestellt habe und die er an Rusterholz' Stelle nicht ruhigen Gewissens weiterhin vernachlässigen würde.

Er hatte erst dann grünes Licht für die »Operation Spuren« – wie er Allmens zweiten Besuch in Sterners Lager bei sich nannte – gegeben, als der Termin mit Rusterholz bestätigt war.

Der geschäftsführende Direktor ließ ihn in einem Sitzungszimmer bei einem schalen Automatenkaffee warten, wie es Mitglieder des Managements bei seinen Besuchen oft taten. Krähenbühler zückte sein Smartphone, um beschäftigt zu wirken.

Er stellte fest, dass er das Gerät noch auf »stumm« geschaltet hatte und dass Allmen ihn im Lauf der Nacht mehrmals hatte erreichen wollen. Er rief ihn zurück. Viermal klingelte es, dann wurde der Anruf abgelehnt.

Die Tür ging auf, und ein hochgewachsener kahlrasierter Mann Mitte vierzig betrat den Raum und kam mit großen Schritten und ausgestreckter Hand auf ihn zu. »Rusterholz, freut mich.«

Krähenbühler stellte sich vor und setzte sich wieder auf den Stuhl, den Rusterholz' Sekretärin ihm zugewiesen hatte. Der Direktor setzte sich ihm gegenüber. »Ich fürchte, ich habe nicht viel Zeit«, sagte er zur Einleitung, »aber wenn das Problem so dringend ist, muss ich sie mir wohl nehmen.«

»Wir können es kurz machen«, entgegnete Krähenbühler. »Ich habe mir erlaubt, mir mit Herrn Enderlin – unter einem Vorwand, muss ich zugeben – ein Bild von Ihrem Sicherheitskonzept zu machen. Und musste leider feststellen: Sie haben keines.«

Es entstand etwas Unruhe hinter der Tür, sie ging einen Spalt auf, eine Frauenstimme und eine Männerstimme führten einen kurzen Wortwechsel, dann klopfte jemand an die inzwischen offene Tür, Rusterholz' Sekretärin trat herein. »Ich störe ungern, Remo, aber es scheint sich um etwas Dringendes zu handeln.«

Der Direktor stand auf. »Entschuldigen Sie mich einen Moment.« Er verließ das Sitzungszimmer.

Krähenbühler folgte ihm.

Im Korridor traf er auf einen kleinen Menschenauflauf. Mitarbeiter in Bürokleidung und solche in grünen Overalls standen um jemanden herum, überragt von Direktor Rusterholz.

Krähenbühler trat näher und erkannte den Mittelpunkt der Gruppe – Herrn Enderlin.

»… scheint nichts zu fehlen, außer diesen komischen Masken …«

»Vielleicht waren die eingesperrt und haben nur dort geschlafen«, sagte eine ältere Frau.

»Warum sollten sie dann wegrennen?«, warf einer im Overall ein.

»Auch noch maskiert!«, ergänzte ein junger Mann mit Piercings an Augenbrauen und Oberlippe.

Rusterholz erhob die Stimme: »Sind noch andere Lager betroffen?«

»Egli und Di Blasio checken das gerade.«

»Enderlin, Wicki und du, Evelyn, kommen mit mir, die anderen gehen wieder an die Arbeit«, befahl Rusterholz und setzte sich in Bewegung. Die Ausgewählten folgten ihm. Krähenbühler schloss sich ihnen an.

Im Aufzug bemerkte ihn Rusterholz. »Herr Krähenbühler?«

»Ich dachte, vielleicht kann ich behilflich sein. Die Sache scheint direkt mein Spezialgebiet zu betreffen. Security.« Und zu Enderlin, der ihn überrascht ansah: »Entschuldigen Sie die Vorspiegelung falscher Tatsachen, Herr Enderlin. Ich war in einer etwas heiklen Mission unterwegs. Sicherheitsexpertise.«

Rusterholz nahm seine Sekretärin mit, Wicki

stieg bei Enderlin ein, Krähenbühler folgte in seinem eigenen Wagen.

Als sie das Lagerhaus erreichten, kamen zwei Männer in grünen Overalls aus der Tür, Egli und Di Blasio. Noch bevor die Gruppe sie erreicht hatte, riefen sie: »Im Vierten. Das Lager Sterner. Alles drunter und drüber.«

Der Aufzug war nur für sechs Personen berechnet, mit Enderlin wohl eher nur für fünf. Es war Krähenbühler, der Ungeladene, der die Treppe nehmen musste. Als er außer Atem ankam, standen die sechs Personen vor der Tür, und die befehlsgewohnte Stimme von Rusterholz war schon von weitem zu vernehmen.

»Niemand betritt den Raum! Nichts anfassen!«

Krähenbühler hatte nun die Gruppe erreicht. So viel er zwischen den Körpern, die ihm die Sicht versperrten, erkennen konnte, hatten Allmen und sein Partner ganze Arbeit geleistet.

Rusterholz' Sekretärin meldete sich zu Wort. »Sollte man nicht die Polizei rufen?«

Bevor ihr Boss antworten konnte, warf Krähenbühler dazwischen: »Wenn ich etwas aus Security-Sicht dazu sagen darf: Das Standardprozedere in solchen Fällen lautet *Owner first*. Die Eigentümerschaft muss zuerst benachrichtigt werden. Und diese entscheidet über das weitere Vorgehen.«

Rusterholz beeilte sich, ihm beizupflichten: »Genau. Das ist Standard.«

Egli und Di Blasio wurden als Sicherungsposten zurückgelassen, und so hatte es diesmal auch für Krähenbühler Platz im Aufzug. Sie gingen alle zur Portiersloge, und Enderlin nahm einen Ordner aus dem Schreibtisch. »Eignerkontakte« stand auf seinem Rücken. Unter dem Buchstaben S fand er das Stammblatt von Sterner Söhne und deutete mit seinem dicken Zeigefinger auf eine Telefonnummer. Rusterholz scheuchte alle aus der Loge, schloss die Tür und telefonierte.

Sie schauten gebannt durch die Glasscheibe, wie der Direktor sprach, schwieg, wartete, wieder sprach, nachfragte, nickte und den Anruf beendete.

Minutenlang stand Remo Rusterholz in der Portiersloge und überlegte. Endlich trat er heraus und verkündete: »Die Eigentümerschaft will keine Polizei. Sie verlangt, dass wir den Lagerraum schließen und sichern. Und auf neue Instruktionen warten.«

5

María sprach mit keinem der beiden. Stumm ging sie ihrer Arbeit nach, und wenn Carlos oder Allmen versuchten, gut Wetter zu machen, ignorierte sie sie kalt.

Als sie zurückgekommen waren, war sie gesprächiger gewesen. Aber verglichen damit war ihr Schweigen jetzt geradezu wohltuend.

Allmen und Carlos saßen beim Frühstück, als sie wie eine Rachegöttin in das Wohn-Esszimmer stürmte und fauchte: »Der Dummkopf und der Herr Dummkopf, ungeniert beim Frühstück.«

Auf einer Sofalehne lagen die beiden Kinderpyjamahosen. Sie packte sie und schwenkte sie vor ihren Nasen. »*Eso es.* Das ist die perfekte Kleidung für euch! Kindersachen!«

»María, *amor mío* …«, begann Carlos.

»Halt's Maul«, pfiff sie ihn an, »*amor*! Alles setzt du aufs Spiel!«

Sie schimpfte noch eine halbe Stunde halblaut vor sich hin, dann verstummte sie.

Carlos nahm die Pyjamahosen, rollte sie zusammen und sagte: »Wir müssen das loswerden.«

Allmen nickte.

»Und das auch.« Carlos zeigte auf Allmens kobaltblauen Dreiteiler, ein nie getragener Fehlkauf, den er für die Mission gewählt hatte, um ihn wenigstens einmal getragen zu haben. Er wollte ihn schon lange entsorgen.

Er ging in sein Schlafzimmer und kam nach einer Weile im Hausmantel zurück. Den Anzug und auch die etwas aufdringliche gelbe Krawatte, die er als passend für seine Rolle als Handelsreisender gewählt hatte, hatte er über den Arm gelegt.

Carlos trug jetzt sein Gärtner-Outfit und hielt einen Müllsack offen. Allmen sah, dass sich etwas Dunkelgraues und etwas Buntes darin befand. Es war Allmens umgearbeiteter Anzug, den Carlos getragen hatte. Allmen hielt ihn nicht für so auffällig, dass man ihn hätte wiedererkennen können, aber Carlos war ein gründlicher Mann.

Allmen warf Anzug und Krawatte zum grauen Anzug und den Kinderpyjamas in den Müllsack, und Carlos verschwand damit, er würde schon wissen, wohin.

In Carlos' Abwesenheit hätte Allmen normalerweise María gebeten, ihm ein Bad einlaufen zu lassen. Aber angesichts ihrer momentanen Verfassung zog er es vor, die Sache selbst in die Hand zu nehmen. Er tat sich etwas schwer damit, denn er fand zwar das Thermometer, aber er wusste nicht, welches die für ihn richtige Temperatur war.

Als er endlich im Bad lag und mit geschlossenen Augen den Duft des Badeöls, die Wärme des Wassers und die Leichtigkeit seiner Gliedmaßen genoss und sich langsam vom Schock der Vorkommnisse der vergangenen Nacht und des frühen Morgens zu erholen begann, wurde ihm das ganze Ausmaß des Vorfalls bewusst:

Er, Johann Friedrich von Allmen, der stets Korrekte, stets Makellose, stets Würdevolle, hatte sich zu einer Witzfigur machen müssen. Hatte geglaubt, er könne sich dadurch retten, dass er nicht erkannt wurde. Aber es hatte nicht funktioniert, er wurde erkannt. Und zwar von sich selbst. Er hatte sich lächerlich gemacht vor der Person, die zur Erhaltung seines Selbstbewusstseins am maßgeblichsten war: sich selbst.

Allmen schloss die Augen und versuchte, die Gegenwart mit der Zukunft zu verdrängen, als er die Klingel der Gegensprechanlage hörte und kurz darauf einen kurzen unverständlichen Dialog mit jemandem am schmiedeeisernen Tor draußen.

Danach vor der Badezimmertür Marías unwirsche Stimme: »Der Dritte im Bunde.«

»Ich bin beschäftigt«, rief Allmen.

»Er ist hartnäckig, ich lasse ihn rein.« Und giftig fügte sie hinzu: »Sie sind ja *amigos.*«

»*No!* Rufen Sie Carlos!«

»Kann ich nicht.«

»Warum nicht?«

»Ich spreche nicht mit ihm.«

Damit entfernten sich ihre Schritte.

Verärgert kletterte Allmen aus dem Bad, trocknete sich ab, benutzte seinen Sandelholz-Körperpuder und kleidete sich so sorgfältig wie immer.

Als er eine Viertelstunde später die Bibliothek betrat, saß Krähenbühler artig auf einem Sessel und erhob sich höflich, fast ein wenig schüchtern zur Begrüßung.

»Beinahe wären wir Ihretwegen aufgeflogen«, waren Allmens erste Worte.

»Ich hatte drei verpasste Anrufe von Ihnen, da ruft man doch zurück«, verteidigte Krähenbühler sich, »ich konnte ja nicht ahnen, dass Sie sich noch immer im Lager befinden.«

»Wir waren eingeschlossen.« Jetzt war es Allmen, der defensiv klang.

Es klopfte, und ohne Allmens *»Adelante!«* abzuwarten, betrat Carlos den Raum. Er nickte Krähenbühler zu, der auch für ihn aufgestanden war, und ignorierte dessen ausgestreckte Hand.

Carlos setzte sich und der Besucher ebenfalls. Jeder wartete, bis jemand etwas sagte. Es war schließlich Krähenbühler, der das Gespräch eröffnete.

»Abgesehen von der kleinen Panne ist alles nach Plan gelaufen.« Es klang versöhnlich und aufmunternd.

»Kleine Panne«, echote Allmen, »wir sind haarscharf einer gewaltigen Katastrophe entgangen.«

»Aber jetzt zu den guten Nachrichten: Die Allsecur hat den Auftrag, ein Sicherheitskonzept für das Lager der Loginew zu präsentieren. Und Allmen International wird wohl auch bald zum Handkuss kommen. Wie vermutet, will der alte Sterner die Sache ohne Polizei handhaben.«

»Weshalb haben Sie das vermutet?«, fragte Allmen.

»Weil er achtzehn Jahre keine Menschenseele an das Porzellan herangelassen hat.«

»Das hätte aber auch andere Gründe haben können als pornographische Porzellanfiguren.«

»Hatte es aber nicht.«

»Pregúntale!«, fragen Sie ihn, forderte Carlos Allmen auf.

Allmen fragte. »Woher wussten Sie vom Harlekin?«

Krähenbühler zögerte. Schließlich sagte er: »Durch Zufall.«

Allmen und Carlos gaben sich damit nicht zufrieden. Sie warteten, dass Krähenbühler weitersprach. Er tat es dann auch:

»Vor ein paar Monaten habe ich die Villa eines schwedischen Industriellen gesichert, der in die Schweiz gezogen ist, um hier seinen Lebensabend zu verbringen. Ein Sammler von allem. Modelleisenbahnen, Zinnsoldaten, Modellsegelschiffen, afrikanischen Masken, Porzellanen. Bei ihm habe ich den indiskreten Harlekin gesehen, und er war es, der mir von dessen spezieller Version erzählt hat.«

»Und wo sie sich befindet?«

»Nicht direkt. Aber er hat gesagt, dass er früher, wenn er in der Schweiz war, oft bei Sterner Söhne gekauft habe und dass die Kenner wussten, dass bei ihm für gute und diskrete Kunden auch erotische Figurinen zu haben waren. Doch dann sei Sterners Frau krank geworden und er religiös, und er habe sich immer schwerer getan mit den Frivolitäten. Sie sei gestorben, und danach sei es damit ganz vorbei gewesen. Schließlich habe er den Laden zugemacht. Es habe Interessenten gegeben, große Sammler und Händler und Auktionshäuser, die an seinem Inventar interessiert waren, aber der alte Sterner habe nichts verkaufen wollen. Alles befinde sich bis heute irgendwo in einem Lager.«

Carlos war es, der die naheliegende Frage stellte: »Und wie haben Sie erfahren, in welchem Lager?«

Krähenbühler seufzte. »Sie wollen alles wissen, nicht wahr?«

»Wissen ist unser Beruf«, sagte Allmen.

»Ein ehemaliger Mitarbeiter von Sterner Söhne, Felix Ruch, hat es mir erzählt. Ein alter Mann, immer noch ratlos über die plötzliche Firmenschließung. ›Alles musste null Komma plötzlich verpackt werden, und schon standen die Möbelwagen von Schmid Transporte vor dem Laden. Und wir auf der Straße.‹ Bis ich herausfand, dass Schmid Transporte heute Loginew heißt.«

Allmen mochte Geschichten. Deshalb fragte er unvermittelt: »Dürfen wir Ihnen einen Tee anbieten?« Er übersah den vorwurfsvollen Blick von Carlos.

»Gerne«, antwortete Krähenbühler. »Am liebsten einen wie beim ersten Besuch, so einen rauchigen.«

Widerwillig verließ Carlos den Raum. Die Chance, dass María den Tee zubereiten würde, war gleich null.

»Und wie wollen Sie weiter vorgehen?«, fragte Allmen.

»Wir werden Herrn Sterner besuchen.«

»Wir?«

»Ich als Sicherheitsbeauftragter der Loginew. Und Sie als Spezialist in der Wiederbeschaffung abhandengekommener Kunstgegenstände.«

6

Heidstetten lag eine gute halbe Stunde außerhalb der Stadt. Nur zehn Minuten der Fahrt führten über die Autobahn, der Rest über Kantonsstraßen durch

Dörfer und Gewerbezonen. Das Wetter passte zur Landschaft: tiefhängende schmutzige Wolken, aus denen immer wieder kurze Schauer fielen.

Allmen hatte darauf bestanden, dass sie mit Herrn Arnold fuhren. Er sei ein schlechter Beifahrer, hatte er behauptet, und neige zu Reiseübelkeit. In Herrn Arnolds Cadillac sei beides kein Problem.

In Wirklichkeit ging es ihm um die Hierarchie. Er wollte Krähenbühler nicht als Beifahrer ausgeliefert sein. Er wollte ihn zum Gast machen und sich zum Gastgeber.

Sie waren unterwegs zum Dagmarinäum, dem Sitz der kleinen Sekte der Dagmarianer, der Jakob Sterner angehörte. Auch das hatte Krähenbühler von Felix Ruch, dem ehemaligen Angestellten von Sterner Söhne erfahren. Als Sterners Frau schwer erkrankte, suchte sie Trost und Heilung bei den Dagmarianern, und ihr Mann folgte ihr. Nach ihrem Tod blieb Sterner in der Sekte. Aber während es davor den Anschein machte, er sei nur ihr zuliebe und nicht aus Überzeugung dabei, wurde er nun immer frömmlerischer, wie es Ruch nannte. Die »speziellen« Porzellansachen gerieten nicht mehr in den Verkauf, und auch mit den harmlosen Schäferszenen und Liebespärchen bekundete er immer mehr Mühe. Das Ende von Sterner Söhne wurde dann durch einen weiteren Schicksalsschlag besiegelt.

Seine Tochter und ihr Mann kamen beim Seilbahnunglück am Mont Coloumont ums Leben. Sie hinterließen eine dreijährige Tochter, die in die Obhut der Dagmarianer kam. Sie führten damals noch in ihrem Hauptsitz ein Kinderheim. Heute ist es ein Pflegeheim. Und dorthin waren sie unterwegs.

Das GPS auf Herrn Arnolds Smartphone meldete eine Abbiegung nach achthundert Metern. Sie fuhren an einem Hof mit zwei Silos und einem langgezogenen neueren einstöckigen Gebäude vorbei. Als sie es hinter sich gelassen hatten, begann es im Wagen nach Schweinen zu stinken. Herr Arnold entschuldigte sich. »Dabei habe ich letzte Woche den Innenraumfilter ausgewechselt.«

Sie erreichten die angekündigte Abzweigung, eine schmale, schadhafte Teerstraße, die nach knapp hundert Metern in einen Mischwald führte und nach weiteren dreihundert zu einem Backsteingebäude, halb Fabrik, halb Schlösschen. Es war von einem hohen Eisenzaun gegen die Straße abgegrenzt, die am Ende des Grundstücks ohne Teerbelag weiterführte.

Sie drückten auf die Klingel am Eisentor und mussten lange warten, bis sich in der großen Eingangstür eine kleinere öffnete und eine ältere Frau in einer Art Nonnentracht heraustrat. Sie kam langsam über den Kiesweg auf das Tor zu, und als sie es erreicht hatte, machte sie keine Anstalten, es aufzuschließen, sondern sagte nur: »Grüß Gott.«

Krähenbühler sagte: »Von Allmen und Krähenbühler. Wir sind mit Herrn Sterner verabredet.«

»Ich weiß«, antwortete die Schwester. Aus der Nähe war zu erkennen, dass der Stoff ihrer Tracht nicht schwarz, sondern tannengrün war. Um den Hals trug sie ein schmiedeeisernes Kreuz an einem ungegerbten Lederband. »Aber er schläft.«

Noch immer machte sie keine Anstalten, das Tor zu öffnen. »Dürfen wir im Haus warten?« Krähenbühlers Frage klang etwas ungeduldig.

Die Schwester griff in eine Tasche ihres Rocks und brachte einen Schlüsselbund zum Vorschein. Sie suchte länger nach dem richtigen Schlüssel, öffnete und ließ die beiden ein. »Bitte folgen Sie mir.«

So langsam, wie sie gekommen war, so langsam führte sie sie zurück.

Die Eingangshalle war kühl und düster. Das Blumenmuster der Zementfliesen vermochte keine Farbe in den Raum zu bringen. Die einzige Lichtquelle waren zwei schmale hohe Fenster mit bunten Scheiben. Das Mobiliar bestand aus ein paar Holzbänken an den Wänden. In der Mitte des Raumes stand ein Altar aus grobbehauenem Granit mit einem schmiedeeisernen Kreuz, wie es die Schwester trug, aber in Großformat.

Der einzige weitere Raumschmuck war die große gerahmte Porträtaufnahme eines kahlen hageren und ernsten Mannes.

»Setzen Sie sich«, forderte die Frau sie auf und verschwand in einer Tür.

»Wir sind doch angemeldet?«, fragte Allmen mit gedämpfter Stimme.

»*Claro.* Fünfzehn Uhr. Das ist es in ein paar Minuten.«

Krähenbühler nahm sein Smartphone aus der Tasche und schaltete es ein.

»Kein Empfang«, erklärte er. »Das gibt es doch heutzutage nicht mehr. Die müssen Handyblocker installiert haben.«

Die Schwester kam aus einer anderen Tür zurück. In jeder Hand trug sie einen Steingutbecher und reichte jedem einen. Er enthielt Wasser.

»Ich hole Sie dann.«

Beinahe eine Stunde warteten sie fröstelnd in der dämmrigen Halle. Einmal schob eine Frau in der gleichen Tracht einen Rollstuhl vorbei, in dem eine Frau döste. Ein anderes Mal marschierte ein alter Mann in einem hinten offenen Spitalnachthemd, ohne sie zu beachten, durch den Raum.

Endlich erschien die Schwester wieder. »Kommen Sie«, sagte sie nur und ging durch eine der Türen voraus in einen Korridor. Es roch nach gekochtem Gemüse und Bohnerwachs. Am Ende des Ganges befand sich die eiserne Doppeltür eines altmodischen Aufzugs. Er sah aus wie ein Warenlift mit Riemenholzboden, würde aber auch einem Spitalbett bequem Platz bieten.

Sie fuhren in die erste Etage. In diesem Korridor roch es ebenfalls nach Bohnerwachs, aber vermischt mit dem muffigen Geruch von ungelüfteten Räumen und ungemachten Betten.

Sie kamen an einem karg möblierten Aufenthaltsraum vorbei, in dem ein paar alte Leute saßen. Einige in unordentlicher Kleidung, andere in Frotteemänteln. Die einen sprachen miteinander, ein paar andere mit sich selbst.

Jakob Sterners Zimmer hatte eine bessere Ausstrahlung. Seine beiden Fenster standen weit offen. An den Wänden hingen Stillleben und Landschaftsbilder. Über dem Bett zwei Fotos. Eines zeigte eine ernste Frau in ihren Fünfzigern, das andere eine junge Familie mit einem kleinen Mädchen.

Sterner lag, von Kissen hochgebettet, da, eine Patchworkdecke, unter der sich ein paar dünne Beine abzeichneten, bis zur Hüfte hochgezogen. Er trug ein sauberes hellblaues Hemd, eine Wolljacke und eine selbstgebundene Fliege. Die Brille war auf die hohe Stirn geschoben, und er hielt ein Buch in der Hand, in dem er wohl eben noch gelesen hatte.

Allmen konnte den Titel nicht erkennen, aber aus den dünnen Seiten und dem Umfang zu schließen, handelte es sich um eine Bibel.

Das Gesicht des alten Mannes war weiß und eingefallen, die blauen Augen lagen tief in ihren Höhlen.

Er legte das Buch neben sich auf die Decke. »Sie kommen also wegen des Einbruchs«, sagte er mit einem tiefen Bass, der nicht gerade zu der schmächtigen Erscheinung passte.

»Richtig«, antwortete Krähenbühler. »Ich bin der Sicherheitsbeauftragte von Loginew …«, er wollte ihm die Geschäftskarte der Allsecur überreichen.

»Legen Sie sie da drauf«, wies ihn Sterner an und deutete auf den Nachttisch.

Krähenbühler gehorchte und fuhr fort: »Und das hier ist Herr von Allmen von Allmen International Inquiries, einer Agentur, die sich mit der Wiederbeschaffung von abhandengekommenen Kunstgegenständen befasst.«

»Und wie kann ich Ihnen helfen?«

Allmen hatte den Eindruck, in den tiefen Augenhöhlen eine Spur von Verschmitztheit zu entdecken.

Krähenbühler schien das nicht aufgefallen zu sein. Er antwortete ganz ernst: »Nicht Sie uns. Wir wollen Ihnen helfen. Die künftige Vermeidung solch unangenehmer Ereignisse, das Wiederauffinden des Abhandengekommenen et cetera.«

»Wenn Sie der Sicherheitsverantwortliche des Lagers sind, hätten Sie das unangenehme Ereignis nicht eher verhindern sollen?«

»Ich bin erst nach dem Vorfall mit dieser Aufgabe betraut worden«, erwiderte Krähenbühler.

Der Alte wandte sich Allmen zu. »Und Sie sind also der Spezialist für die Wiederbeschaffung des Diebesguts. Wie machen Sie das?«

Allmen verzichtete dem alten Mann gegenüber auf eine seiner hochgestochenen Antworten. »Es kommt auf den Fall und die Umstände an. Und es braucht auch etwas Glück.«

»Und das haben Sie?«

Allmen überlegte. »Doch. Ich glaube, alles in allem hat mich das Glück nicht oft im Stich gelassen.«

Sterner lächelte. »Beneidenswert.«

Krähenbühler mischte sich wieder ein: »Allmen International Inquiries ist eine erste Adresse auf diesem Gebiet. Die Agentur verfügt über hervorragende Referenzen.«

Sterner sah Allmen an.

»Die Vertraulichkeit der Aufträge erlaubt es in den allerwenigsten Fällen, Referenzen anzugeben«, beeilte sich Allmen, das zu relativieren.

»Macht Ihr Büro auch Inventare, Herr von Allmen? Sie müssten ja wissen, was fehlt.«

»Wir verrichten selbstverständlich jede Arbeit,

die zur Auffindung des Gesuchten führt, Herr Sterner.«

Der alte Mann überlegte eine ganze Weile. Schließlich sagte er: »Im Grunde ist mir das Zeug egal.«

Krähenbühler intervenierte: »Aber es hat doch bestimmt einen beachtlichen materiellen Wert.«

»Schauen Sie sich um, meine Herren. Sehen Sie etwas, das mir fehlt? Außer Gesundheit?«

Der Sicherheitsexperte sah sich im Raum um, als hätte ihm Sterner ernsthaft eine Aufgabe gestellt.

Allmen betrachtete nur den Greis. Und wieder war ihm, als hätte er in dessen Miene einen Hauch von Ironie entdeckt.

»Aber Sie haben doch bestimmt Erben«, insistierte Krähenbühler.

»Eine einzige Enkelin. Für sie ist gesorgt. Und von dem ganzen Porzellankram weiß sie nichts.«

»Nun, eine Bestandsaufnahme wäre trotzdem ganz nützlich. Schon aus versicherungstechnischen Gründen.«

Jakob Sterner nickte nachdenklich. Er richtete sich an Krähenbühler: »Aber Ihre Firma hätte mit der Bestandsaufnahme nichts zu tun, nicht wahr?«

»Nein, unsere Stärke liegt, wie gesagt, hauptsächlich in der Prävention. Wobei mir die Aufklärung«, fügte er hinzu, »ebenfalls in den Genen liegt.

Ich war fast neun Jahre bei der Stadtpolizei in der Fahndung tätig.«

»Ich würde Sie trotzdem gerne bitten, Herrn von Allmen und mich kurz alleine zu lassen.«

»Aber wir sind natürlich als Security-Spezialisten zu absolutem Stillschweigen verpflichtet.«

»Ich nehme an, das trifft auch auf Herrn von Allmen zu.«

Allmen bestätigte das. »Wie Ärzte, Anwälte oder Pfarrer.«

Beide, Sterner und Allmen, richteten ihre Blicke auf Krähenbühler. Bis dieser verstand und beleidigt den Raum verließ.

Als er die Tür hinter sich geschlossen hatte, sagte Jakob Sterner: »Nehmen Sie sich in Acht vor dem.«

7

Sie saßen im Cadillac auf dem Weg zurück. Keiner sprach. Krähenbühler schwieg, weil er beleidigt war. Und Allmen, weil das, was sie zu besprechen hatten, nicht für Herr Arnolds Ohren bestimmt war.

»Nehmen Sie sich in Acht vor dem«, hatte ihm der alte Mann geraten. Doch das war alles, was er zum Thema Krähenbühler gesagt hatte. Danach kam er auf das eigentliche Thema zu sprechen.

»Sehen Sie die Schatulle auf dem Nachttisch? Öffnen Sie sie.«

Allmen öffnete die kleine intarsierte Schatulle. Sie enthielt mehrere Medikamentenschachteln.

»Nehmen Sie alles raus.«

Allmen gehorchte.

»Sie hat einen doppelten Boden, man kann ihn herausnehmen. Einfach die Schatulle auf den Kopf stellen und ein bisschen schütteln, dann fällt er raus.«

Allmen tat es, und der dünne Holzboden fiel heraus und mit ihm ein altmodischer Schlüssel.

»Der ist für die oberste rechte Schublade der Waschkommode hier.« Er zeigte auf eine hübsche Biedermeierkommode neben dem Bett. »Wenn es sein muss, kann ich sie auch alleine erreichen. Aber jetzt muss es ja nicht sein.«

Allmen öffnete die Schublade. Sie enthielt rosarote, hellblaue und hellgelbe Mäppchen, blaue Schulhefte und schwarz eingebundene Notizbücher.

»Ganz zuunterst, das hellgrüne.«

Allmen fand es und reichte es ihm.

»Nein, nein, ich brauche es nicht. Es ist für Sie. Die Inventarliste. Damit gehen Sie zu Schmid Transporte, oder wie die jetzt heißen, und sagen, Sie machen in meinem Auftrag das Inventar. Und wenn man Ihnen dort nicht glaubt, soll man mich anrufen.«

Allmen schien ein etwas skeptisches Gesicht gemacht zu haben, denn Sterner sagte: »Es ist keine Hexerei. Jedes Stück trägt eine Nummer. Wenn Sie sie finden, haken Sie sie ab. Die ohne Haken sind gestohlen. Fangen Sie so bald als möglich an.« Und er fügte hinzu: »Mir bleibt nicht mehr viel Zeit.«

Allmen steckte die Liste in seine kleine Schweinsledermappe, die er mitgenommen hatte, um ein wenig seriös zu wirken, und verabschiedete sich.

Jakob Sterner hielt Allmens Hand mit seiner knochigen, überraschend kräftigen fest. »Und, Herr von Allmen: Alles, was Sie finden, fällt unter Ihr Detektivgeheimnis.«

»Sie können sich auf mich verlassen, Herr Sterner.«

»Das tue ich«, sagte der Alte.

Und als Allmen bereits die Tür geöffnet hatte, glaubte er, ihn murmeln zu hören: »Weiß Gott, warum.«

Es regnete jetzt ohne Unterlass. Die Scheibenwischer – ein Schwachpunkt des Fleetwood, weil es keine Ersatzteile mehr dafür gab, Herr Arnold versuchte mit allen Tricks, die Gummis geschmeidig zu halten – versahen ihren Dienst ausnahmsweise, ohne zu quietschen.

Krähenbühler hatte seinen Audi vor der Villa Schwarzacker abgestellt, doch als sie dort ankamen, machte er keine Anstalten, zu seinem Wagen zu gehen. Er folgte Allmen und wartete neben ihm, bis die Stimme von Carlos durch die Gegensprechanlage ertönte und das Surren des Türöffners erklang.

Auf dem Plattenweg zum Gärtnerhaus sagte er: »Ich bleibe nicht lange. Wir besprechen das weitere Vorgehen, und ich haue ab.«

Mit »das weitere Vorgehen« meinte Krähenbühler vor allem die Honorarvereinbarung. Kaum hatten sie im Wohnzimmerchen Platz genommen, dem Ort, wo Allmen Gäste empfing, die nicht lange bleiben sollten, fragte Krähenbühler: »Auf welche Summe haben Sie sich geeinigt?«

Allmen konnte nicht gut gestehen, dass er vergessen hatte, das Thema anzuschneiden. Er holte zu einer etwas geschwollenen Erklärung aus: »Es gehört zu den Gepflogenheiten des Hauses, dass wir das Finanzielle bei der ersten Besprechung nicht anschneiden, es sei denn, das Thema wird klientenseits angeschnitten. Wir betrachten es als vertrauensbildende Maßnahme, wenn wir unseren Fokus eingangs ausschließlich auf die Problemstellung legen. Damit zeigen wir, *that we care.*«

»Sie wollen mir weismachen, dass Sie Ihren Kunden etwas anbieten, ohne ihnen zu sagen, was es kostet?« Krähenbühlers Frage klang einigermaßen fassungslos.

Allmen ließ sich nicht beirren. »Bis jetzt sind wir mit unserer Mandantschaft noch immer einig geworden.«

Krähenbühler schüttelte den Kopf. »Sie haben sich also mit dem alten Herrn darauf geeinigt, dass Sie einfach mal anfangen, ein Inventar zu erstellen. Und wenn Sie damit fertig sind, dann gehen Sie zu ihm und sagen, was fehlt. Und wenn Sie das gesagt haben, lassen es dann die Gepflogenheiten von Allmen International Inquiries wenigstens zu, eine Rechnung dafür zu stellen?«

»Selbstverständlich«, entgegnete Allmen würdevoll.

»Und wie verrechnen Sie das?«

»Nach Aufwand, wie sonst?«

»Und wie viel kostet die Stunde bei Ihnen?«

Allmen zögerte nur kurz. »Da müsste ich beim Accounting rückfragen.«

Krähenbühler lachte spöttisch. »Informieren Sie bei der Gelegenheit Ihr Accounting auch gleich, dass ich als Teilhaber ab sofort Einblick in die Accounts habe.«

8

Es war Arbeit. Etwas, das Allmen nicht gewohnt war. Auch wenn er nur die Nummer, die Carlos aufrief, in der Liste finden, die Kurzbeschreibung mit der Porzellanfigur vergleichen und abhaken musste – es handelte sich um Arbeit.

Carlos übernahm selbstverständlich den Part, der wirkliche Arbeit darstellte. Er musste das Stück auspacken und, wenn es identifiziert war, wieder sorgfältig einwickeln in weiße holz- und säurefreie Juwelierseide bester Qualität, von der er zehn Pakete à 180 Bögen gekauft hatte. Und jedes dieser Päckchen musste er behutsam in einen der Kartons verstauen. Und sobald einer voll war, musste er ihn in einem der Regale unterbringen.

Sie waren jetzt den zweiten Tag an dieser Arbeit, und langsam schien sich ein Ende abzuzeichnen.

Und noch etwas zeichnete sich ab: Bisher war kein einziges der erotischen Stücke auf der Liste aufgetaucht. Die einzigen Stücke, die dort einen Kreis statt eines Häkchens erhielten, waren die, die Allmen aus Liebe zur Kunst für seine private Sammlung abgezweigt hatte.

»Ich glaube, ich werde sie dem alten Herrn zurückgeben, Carlos. Er war so sympathisch.«

»Wie Sie wünschen. *Número* 292.«

Allmen suchte die Nummer und las vor: »Japanerin mit 2 Kindern vermutl. Kändler, 1756 bis 73.«

Carlos hielt die Figur in die Höhe und nickte. Allmen hakte sie ab.

Während Carlos sie einpackte, sagte Allmen nachdenklich: »Andererseits haben ihm die Sachen während der letzten achtzehn Jahre ja auch nicht gefehlt. Nicht wahr, Carlos?«

»Da haben Sie recht.« Er schälte eine weitere Figur aus einem achtlos zerknüllten Papier. »*Número* 201.«

Allmen suchte und las: »Türke auf Nashorn reitend, Ludwigsburg, ca. 1765, evtl. Johann Christoph Haselmeyer.«

Carlos hielt das Nashorn mit dem Türken hoch, Allmen machte sein Häkchen.

So fuhren sie fort, und Allmen versuchte, es nicht als Arbeit, sondern als Studium zu betrachten. Als Weiterbildungsseminar für seine Kenntnisse sowohl der Porzellankunst als auch des Rokoko, dieser galanten, verspielten Epoche.

Vielleicht, dachte er, hätte auch er damals leben sollen, da hätte er besser hineingepasst. Die Raffinesse der Gesellschaft hätte ihm bestimmt entsprochen, die Eleganz, die Förmlichkeit, das Diktat von Grazie und Anmut.

Gegen vier Uhr nachmittags waren alle Positionen abgehakt und alle Porzellane verpackt. Keine Einzige der Erotika war gelistet. Von insgesamt dreihunderteins gelisteten fehlten neunzehn. Genau so viele, wie Allmens neue Porzellansammlung umfasste.

Er hatte sich zu der Entscheidung durchringen können, sie Herrn Sterner als vermisst zu melden.

9

Mit Remo Rusterholz, dem leitenden Direktor der Loginew, waren sie so verblieben, dass sie ihn anrufen würden, sobald das Inventar abgeschlossen war. Er würde ihnen dann jemanden rüberschicken, der das Lager sicherte. Er hatte ihnen – ausnahmsweise, das mache er nur für besondere Kunden – seine direkte Durchwahl gegeben.

Sie riefen ihn also an. Rusterholz meldete sich sofort. Sein Sicherheitsbeauftragter sei zufällig gerade bei ihm, er werde sich der Sache annehmen, sie sollten bitte so freundlich sein, sich kurz zu gedulden.

Sie waren nicht wirklich überrascht, als Krähenbühler auftauchte. Er war in Begleitung eines jungen Mannes in einer roten Fleecejacke mit dem Allsecur-Logo, der einen Werkzeugkoffer trug.

»Meine Herren«, begrüßte sie Krähenbühler, als

würden sie sich nicht kennen, »ich bringe Ihnen hier Herrn Kulíc, er wird diesen Raum sichern, *provisorisch,* wohlverstanden.« Und genüsslich fügte er hinzu: »Bis die umfassende Gesamtlösung installiert ist, Magnetkontakte, Bewegungsmelder, Kameras, Schließanlage, Alarmzentrale et cetera pp.«

Er betrat den Raum, sah sich um und begann, ohne sich um Allmen und Carlos weiter zu kümmern, mit seinem Mitarbeiter zu fachsimpeln. Als Krähenbühler die Instruktionen beendet hatte, begann Kulíc zu arbeiten.

»Okay, meine Herren, von mir werden Sie hier nicht mehr gebraucht.«

Allmen sah Carlos an. Der schüttelte fast unmerklich den Kopf.

»Wir ziehen es vor, das Ende der Arbeiten abzuwarten. Wie mit unserem Auftraggeber vereinbart«, erklärte Allmen.

»Wie Sie wünschen«, antwortete Krähenbühler schnippisch.

Etwas mehr als eine halbe Stunde warteten sie, ohne ein Wort zu wechseln. Endlich erklärte der Techniker die Arbeit für beendet und wollte die Tür schließen.

»Moment«, befahl Allmen und gab Carlos ein Zeichen. Dieser zückte sein Smartphone und machte eine umständliche Fotodokumentation des Lagerraumes und der neuen Verschlussvorrichtung.

Erst jetzt erlaubte Allmen, dass man die Tür schloss und das neue Schloss verriegelte, das in einen neuen Hartstahlbeschlag eingelassen war.

Der Techniker überreichte Krähenbühler den Ring, an dem der Schlüssel mit zwei Reserveschlüsseln hing. Gemeinsam begaben sie sich zum geschäftsführenden Direktor.

»Wir sind so weit, Herr Rusterholz, das Inventar ist erstellt und somit auch die Schadensaufnahme.« Allmen war ein bisschen stolz auf den Fachausdruck.

»Und? Wie sieht die aus? Schlimm?«, wollte Rusterholz wissen.

»Ich fürchte«, antwortete Allmen, »ich bin nicht autorisiert, diese Frage zu beantworten. Sie verstehen, dass ich darüber in erster Linie meiner Klientschaft Rechenschaft schuldig bin.«

Man sah dem Direktor die Enttäuschung an. »Selbstverständlich«, versicherte er, »ich bin natürlich aus versicherungstechnischen Gründen daran interessiert, Sie verstehen.«

»Das verstehe ich sehr gut. Wir werden Sie so bald wie möglich informieren. Ich sehe, dass es drei Schlüssel für das Lager gibt. Ich nehme an, einer davon ist für die Lagermieter bestimmt.«

Rusterholz sah Krähenbühler fragend an.

»Aus sicherheitstechnischer Sicht rate ich davon ab. Ein Schlüssel bei der Lagerverwaltung, einer in Ihrem Safe und einer in dem Ihrer Bank, das wäre unser Standard.«

»Das ist auch unserer«, versicherte der Direktor.

Allmen nickte und dachte an die Schublade im alten Schreibtisch der Portiersloge mit ihrem Schlüsselbund.

»Ich werde Herrn Sterner in diesem Sinn informieren. Könnten Sie Ihre Assistentin bitten, uns ein Taxi zu bestellen?« Herr Arnold hatte Carlos vorsorglich darüber informiert, dass er aus familiären Gründen an diesem Tag nicht zur Verfügung stehe, und Allmen hatte das leicht indigniert zur Kenntnis genommen. Arnold und Familie?

»Kommt gar nicht in Frage«, protestierte Krähenbühler, »ich fahre Sie, wir haben denselben Weg.«

Allmen fiel kein Grund ein, weshalb dies weder nötig noch möglich sei, und musste einwilligen.

Er zahlte es ihm heim, indem er sich neben Carlos auf den Rücksitz setzte und Krähenbühler damit wie ihren Chauffeur aussehen ließ.

Kaum hatte sich der Audi in Bewegung gesetzt, schnauzte Krähenbühler: »Und jetzt ohne Quatsch – was ist mit dem Porzellanporno?«

»Davon fehlt nichts«, erklärte Allmen gelassen.

»Was soll das heißen?«

»Kein Stück davon figuriert auf der Inventarliste.«

Krähenbühler lachte auf. »So weit geht die Prüderie der Dagmarianer.«

Allmen und Carlos schwiegen.

»Das heißt, Allmen International Inquiries hat ein Problem. Die Wiederbeschaffung von etwas, das es nicht gibt.«

»Allmen International Inquiries ist schon mit größeren Problemen fertig geworden«, stellte deren Gründer und Namensgeber würdevoll fest.

Nach einer Denkpause fragte Krähenbühler: »Werden wir eigentlich für unseren Aufwand unabhängig vom Erfolg honoriert?«

Allmen störte an der Frage vor allem Krähenbühlers Wahl des Personalpronomens in der ersten Person Plural. »Soviel ich weiß, verrechnet die Agentur den Aufwand und erhält gegebenenfalls ein Erfolgshonorar.«

»In welcher Höhe?«

Carlos sprang ein: »In der jeweils vereinbarten, Señor.«

Sie kamen bei der Villa Schwarzacker an, und Allmen und Carlos bedankten sich fürs Mitnehmen. Aber die Kindersicherung der Fondtüren hinderte sie am Aussteigen.

»Bevor Sie mich verlassen: Wie gedenken Sie, weiter vorzugehen?«

Allmen zögerte. Schließlich sagte er: »Wir werden Herrn Sterner das Resultat des Inventars mitteilen. Dann werden wir sehen, was er zu den gewissen fehlenden Stücken sagt. Falls er etwas dazu sagt.«

»Und falls nicht?«

»Dann sehen wir weiter.«

»Falls nicht, bedeutet das, dass es die, wie Sie es nennen, ›gewissen Stücke‹ nicht gibt. Dann kann man sie nicht wiederbeschaffen. Aber etwas anderes kann man.« Er machte eine Kunstpause. Als keiner der Fahrgäste reagierte, fügte er hinzu: »Wiederverkaufen.«

Weder Allmen noch Carlos äußerten sich. Krähenbühler entsicherte die beiden Türen. »Denken Sie daran.«

10

Sie wurden von derselben Schwester wie beim ersten Mal empfangen. Als Allmen Carlos vorstellte, nannte sie diesmal auch ihren Namen: Irmela.

»Freut mich, Schwester Irmela«, sagte Allmen und streckte die Hand aus. Sie ergriff sie nicht. »Cognata Irmela«, verbesserte sie ihn.

Allmen wusste, dass sich manche Sektenmitglieder mit Cognata und Cognatus ansprachen, vom Lateinischen »blutsverwandt«, um ihre Zugehörigkeit zu demonstrieren.

»Cognatus Jakob geht es heute nicht gut«, klärte sie die beiden auf, als sie vor Sterners Zimmertür ankamen.

»Was hat er?«, fragte Allmen leise.

»Er kehrt bald heim.« Sie öffnete die Tür.

Jakob Sterner war tiefer gebettet als beim letzten Mal. Seine eingesunkenen Augen wandten sich nicht seinen Besuchern zu, sondern starrten weiterhin an die Decke. Er trug dieselbe Strickjacke wie beim letzten Mal. Das Hemd war nicht mehr so frisch gebügelt, auf die Fliege hatte er verzichtet.

Als ihm Allmen die Hand geben wollte, ergriff er sie nicht, sondern tätschelte sie nur leicht mit eiskalten Fingern.

Aber als Allmen Carlos de Leon als seinen Compagnon vorstellte, lächelte der Alte, ohne den Blick von der Decke abzuwenden, und bemerkte mit schwacher Stimme. »Aha, noch ein Adliger.«

Cognata Irmela bot ihnen die beiden Holzstühle an, die neben dem Bett bereitstanden, und zog sich zurück.

Jakob Sterner atmete schwer. Er formulierte

Wörter, die in die kurzen Abstände zwischen zwei Atemzügen passten. »Die Fenster«, sagte er.

Die beiden Fenster standen nicht offen wie beim letzten Mal. Die Luft im Raum roch nach etwas, das Allmen nicht benennen konnte. Vielleicht nach Alter.

Carlos, mit seinem Dienerinstinkt, stand auf und öffnete sie. Kühle frische Luft drang herein. Er ging zum Bett und zog Sterner die Patchworkdecke bis unter den Hals.

»Danke«, murmelte der alte Mann. Er deutete auf den Nachttisch und sagte: »Bitte.«

Carlos verstand, reichte ihm ein Untertellerchen mit zwei Tabletten und nahm den Steingutbecher mit Wasser, der danebenstand. Er stützte Sterner, damit er sich ein wenig aufrichten konnte, und setzte ihm den Becher an die Lippen.

Allmen waren die krankenpflegerischen Talente von Carlos neu, aber sie überraschten ihn nicht.

Zwanzig Minuten mussten sie warten, bis Jakob Sterner leichter atmete und Carlos bat, ihm zu helfen, sich mehr aufzusetzen. Dieser bettete ihn hoch, als hätte er sein ganzes Leben nichts anderes getan.

Sterner räusperte sich, griff nun selbständig nach dem Wasserbecher, trank ihn leer und sagte: »Mit mir geht es zu Ende. Es ist auch höchste Zeit. Dreiundneunzig!«

Er stellte den leeren Becher zurück. »Herr de Leon ist auch an das Detektivgeheimnis gebunden, nehme ich an.«

»Herr de Leon ist noch vertrauenswürdiger als ich selbst, Herr Sterner.«

Jetzt straffte sich der alte Mann und sagte: »Also, die Schadensbilanz, bitte.«

Allmen zog das Mäppchen mit der Inventarliste heraus und eine kurze Zusammenfassung, die María getippt hatte. »Der Schaden könnte größer sein. Von insgesamt dreihundertein Stücken fehlen ganze neunzehn. Hauptsächlich Harlekine und Mitglieder der Affenkapelle und ein paar Skurrilitäten wie zum Beispiel eine Sängerin, die von einem Fuchs auf dem Spinett begleitet wird.«

Allmens schlechtes Gewissen über diesen Teil der Berichterstattung hielt sich in Grenzen, nachdem Sterner beim letzten Besuch erklärt hatte: »Im Grunde ist mir das Zeug egal.«

In das eingefallene Gesicht des alten Mannes schien etwas Farbe einzukehren. »Ist das alles?«

Allmen überreichte ihm die Inventarliste. »Hier die Details.«

Sterner nahm sie, legte sie jedoch auf die Decke. »Sonst nichts?«

Und als weder Allmen noch Carlos zu verstehen schienen, hakte er nach: »Auch nichts ... ähm ...

Zusätzliches? Etwas, das nicht auf der Inventarliste vermerkt war?«

Allmen nickte Carlos zu, und der schloss für eine Sekunde die Augen, zum Zeichen, dass auch für ihn der Moment gekommen war.

Aus der Ledermappe, die neben seinem Stuhl am Boden stand, zog er nun etwas hervor, das in Polsterfolie eingepackt war. Sorgfältig und gekonnt packte er es aus und reichte es Allmen.

»Das hier ist etwas Zusätzliches. Ein zusätzlicher indiskreter Harlekin.«

Er beugte sich vor und stellte die Porzellangruppe auf Sterners Patchworkdecke.

Der alte Mann sah zuerst Allmen an, dann Carlos und erst danach das Liebespaar, zu dessen Füßen der frech grinsende Harlekin lag, den weiten Rock des jungen Mädchens etwas anhob und darunterlinste.

Er hob das Paar von der Blumenwiese ab, auf der sich der Clown räkelte. Es sah nicht so aus, als ob Sterner unter den Rock gucken wollte, es wirkte eher, als wollte er sich versichern, dass man es tun konnte.

Er fügte die beiden Teile wieder zusammen, holte hoch über dem Kopf aus und schleuderte die Kostbarkeit mit so viel Kraft auf den Boden, dass sie auf den geblümten Betonfliesen zersplitterte.

Allmen und Carlos waren aufgesprungen, aber keiner war schnell genug, um den Vandalenakt verhindern zu können.

Die Tür wurde aufgerissen, und die Nonne stürmte herein.

»Nichts passiert, Cognata, nur ein kleines Missgeschick. Scherben bringen Glück.«

Sie sah ihn strafend an, küsste ihren rechten Zeige- und Mittelfinger einmal waag- und einmal senkrecht, streckte die Finger gegen den Himmel, senkte den Kopf, schloss die Augen und murmelte etwas Unverständliches.

Jakob Sterner tat es ihr nach. Nach dem kurzen Zeremoniell sagte Cognata Irmela streng: »Sie sündigen, Cognatus, das ist *Aberglaube*.«

Sterner nahm den Tadel reumütig entgegen.

Die Schwester verließ den Raum.

»Warum haben Sie das getan?«, fragte Allmen fassungslos.

Aber bevor Sterner antworten konnte, kam Irmela mit Schaufel, Besen und einem Müllsack zurück.

Es dauerte, bis die Cognata die Scherben aus den hintersten Ecken gefegt hatte. Die drei Männer schwiegen die ganze Zeit. Erst als sie den Inhalt der Schaufel in den Müllsack geschüttet und das Zimmer verlassen hatte, wiederholte Allmen seine Frage: »Warum um Himmels willen haben Sie das getan?«

Doch statt zu antworten, stellte der alte Mann eine Gegenfrage: »War das das einzige Zusätzliche?«

Allmen spürte Carlos' gespannten Blick auf sich ruhen und Sterners herausfordernden. Jede Sekunde, die er verstreichen ließ, machte die Antwort unglaubwürdiger. Und so lieferte er rasch die für den Kunstfreund, der eine einzigartige Sammlung erotischer Kunst der Nachwelt erhalten will, einzig mögliche:

»Nur das. Nichts Außergewöhnliches außer diesem. Aber bitte sagen Sie mir: Weshalb haben Sie das getan?«

Sterner gab keine Antwort.

Es war Carlos, der die Frage stellte, die das Gespräch wieder in Gang brachte. Eine Frage aus einem Gebiet, von dem er mehr verstand als Allmen: *»Por motivos religiosos?«* Aus religiösen Gründen?

Jakob Sterner schwieg.

Sie dachten schon, dass er dabei bleiben würde, da fing er an zu sprechen.

»Meine Frau und ich hatten eine Tochter, Sylvia.« Er lächelte in der Erinnerung. »Sie war, sie war ...«, er winkte ab. »Ach, niemand hatte eine Tochter wie sie, alle haben es gesagt, auch die, die Töchter hatten, niemand hatte eine Tochter wie Sylvia.« Er schüttelte lächelnd und ungläubig den Kopf.

»Und plötzlich war sie tot.« Er blickte auf und sah seine Zuhörer an, als wollte er sich versichern, dass sie ebenso bestürzt waren wie er über diese ungerechte Wendung der Geschichte.

»Mit ihrem Mann im Sessellift. Abgestürzt, zweiunddreißig Meter. Wissen Sie, wie lange man stürzt für zweiunddreißig Meter? Etwa zwei Sekunden. Ist das lang? Wenn es die letzten sind, vielleicht schon. Ich weiß es nicht. Aber ich denke immer wieder daran. Ist es lang? Ist es kurz? Ich weiß es nicht. Wissen Sie es?«

Er erwartete keine Antwort.

»Sie ließ uns eine dreijährige Tochter zurück. Jasmin. Ihr Ebenbild. Jasmin kam zu uns, und wir waren plötzlich wieder Eltern. Wir hatten eine schöne Zeit. Aber eine kurze. Meine Frau wurde krank. Und als die Ärzte sie verlorengaben, kam sie mit den Dagmarianern in Kontakt. Die haben andere Methoden, Schwerkranke zu behandeln. Und immer wieder Erfolg damit. Ich habe persönlich Leute kennengelernt, die geheilt wurden. Wir traten in die Kirche ein. Die hatten auch ein Kinderheim. Das hier, dieses Haus, wo wir uns befinden, dieses Altersheim, war auch ein Kinderheim. Das ist noch nicht so lange her. Jasmin war im letzten Jahrgang. Sie wurde erzogen im Geist der Dagmarianer.«

Sterner ließ den Kopf in die Kissen sinken, als hätte ihn das lange Sprechen erschöpft.

Allmen und Carlos warteten.

»Wir Dagmarianer sind streng in diesen Dingen. Ich meine die Beziehung der Geschlechter. Sehr konsequent. Jasmin wurde von diesen Sachen ferngehalten, Sie wissen schon. Sie ist, wie soll ich sagen, sie ist, verzeihen Sie einem Dreiundneunzigjährigen diesen altmodischen Ausdruck – reinen Herzens.«

Er legte den Kopf wieder zurück und schloss die Augen.

»Deswegen«, er raffte sich noch einmal auf, »deswegen habe ich diesen Schmutz zerstört. Um nicht mit diesen Auswüchsen des Rokoko …« Er suchte nach Worten und winkte wieder ab. »Wissen Sie, ich sage es ungern – und das fällt alles unter Ihr Berufsgeheimnis: Ich hatte früher solche Sachen … ähm … im Angebot. Das waren andere Zeiten, und ich war auch … ein anderer Mensch.«

»Sie wissen nicht, wie erleichtert ich bin, dass – es war nämlich noch mehr solcher Dreck eingelagert –, dass jemand dazu inspiriert wurde, ja dazu *erleuchtet* wurde, es zu stehlen. Die Kollektion von diesem Schmutz zu säubern.« Er führte wieder Zeige- und Mittelfinger waag- und senkrecht an die Lippen. Danach ließ er den Kopf in die Kissen sinken und schloss die Augen.

Sein Atem ging jetzt ruhig und gleichmäßig.

Wie bei einem Schlafenden, dachte Allmen nach einer Weile. Er sah Carlos fragend an. Der nickte, legte den Kopf schräg und hielt die flache Hand an die Wange.

Die Tür ging auf, und die Cognata kam herein. Sie trat ans Bett, betrachtete den Schlafenden, sah die beiden Besucher an, legte den Zeigefinger an die Lippen und winkte sie heraus. Sie schloss die Tür und sagte: »Sie sollten ihn schlafen lassen, wenn er schon einmal kann.«

Allmen fragte: »Kommt seine Enkelin oft?«

Sie nickte ernst. »Jasmin kommt jeden Tag. Sie ist ein gutes Kind.«

11

In all den Jahren, in denen Allmen mit Herrn Arnold fuhr, hatte er nicht herausgefunden, wie gut dessen Spanisch war. Er begrüßte Carlos zwar mit *»Buenos días«* und verabschiedete sich mit *»Hasta luego«*, aber Allmen hatte keine Ahnung, ob der Chauffeur darüber hinaus noch mehr sprach oder verstand.

Es gab nun einmal Themen, die konnten er und Carlos selbst vor Herrn Arnold nicht besprechen, obwohl der natürlich die Diskretion in Person war. So wurde die halbstündige Fahrt von Heidstetten zurück zur Villa Schwarzacker an diesem ersten wahren Sommertag des Jahres eine mühselige Konversationsübung. Selbst für Allmen, der normalerweise bei Konversation eine gute Figur machte.

Aber seine Gedanken wanderten immer wieder zurück zu Jakob Sterner und dem, was er gesagt hatte, und dem, was es bedeutete.

»Ein Wegmacherhaus«, bemerkte Allmen. »Das gibt es auch nicht mehr – Wegmacher. Oder nennt man das jetzt anders?«

»Mir hat mal einer gesagt«, erzählte der Chauffeur, »als wir an einem Wegmacher vorbeifuhren, der die Böschung mähte, was glaubst du, wie der reagiert, wenn er nach Hause kommt und die Frau sagt …«

War es die richtige Entscheidung gewesen, die erotischen Stücke zu verheimlichen? Er hätte sie ihm ja nicht auszuhändigen brauchen. Leute, die Kostbarkeiten vernichteten und sie so ihren rechtmäßigen Erben entzogen, konnte man bestimmt bevormunden lassen. Die waren doch nicht urteilsfähig.

Arnold lachte über irgendetwas, und Allmen lachte höflich mit. Selbst Carlos hatte ein Lächeln auf den Lippen. »Man sollte noch den Rasen mähen«, prustete Arnold und erholte sich eine ganze Weile nicht mehr.

»Vielleicht heißen die jetzt einfach Straßenarbeiter«, mutmaßte Allmen.

»Oder Gemeindearbeiter. Ich glaube, Gemeindearbeiter.«

»Posible«, pflichtete Carlos bei.

Hätte er nicht einfach die Karten auf den Tisch legen sollen? Aber dafür war es jetzt zu spät. Er hätte das spontan entscheiden müssen. »Ja, wir haben insgesamt sechsunddreißig ›Zusätzliche‹ gefunden, Herr Sterner. Solche, die nicht auf der Inventarliste figurieren. Schmutzige, wie Sie sie nennen.«

»Die fahren auch die Schneepflüge, die Gemeindearbeiter«, hörte er Arnold sagen. »Die machen alles. Die haben jetzt so Reinigungsfahrzeuge, die streuen Salz, saugen Staub und Laub.«

»Allrounder«, kommentierte Allmen höflich.

»Die Maschine?«

»Und auch der Gemeindearbeiter.«

Einen Suchauftrag bekommen wir sowieso nicht, wenn es offiziell nichts zu suchen gibt, dachte Allmen. Aber wenn wir das »Zusätzliche« deklariert hätten, hätten wir ihm anbieten können, es im Auftrag eines anonymen Sammlers, dessen Namen nur dem Zwischenhändler oder Auktionator vertraulich genannt worden wäre, auf den Markt zu bringen. Aber eben, »dazu ist es zu spät«.

Die letzten fünf Worte waren ihm laut geraten.

Arnold blickte kurz über die Schulter, und auch Carlos sah ihn überrascht an.

Allmen improvisierte. »Um die Änderung der Berufsbezeichnung rückgängig zu machen. Ich finde Wegmacher viel besser. Vieldeutiger. Der Wegmacher macht nicht nur Wege, er macht auch Sachen weg. Laub, Schnee, Dreck, Gras und so weiter. Macht er alles weg, der Weg-Macher.«

Arnold lachte. »Der ist gut, sehr gut. Der Wegmacher hat den ganzen Tag weggemacht, und als er nach Hause kommt, sagt seine Frau zu ihm, vor der Garage hat ein großer Hund ...«

Sie hatten die Villa Schwarzacker erreicht, und Allmen unterbrach den Fahrer. »Danke, Herr Arnold, Herr de Leon erledigt das Finanzielle, es handelt sich um eine Geschäftsfahrt.«

12

Wer das Zimmer betrat, wurde überrascht vom Unterschied zu den anderen Räumen des Dagmarinäums. Es war ein luftiger, freundlicher Raum. Ein Fenster war geöffnet, und die Sommerbrise blähte den Tüllvorhang. An den Wänden hingen Blumenbilder, nicht ohne Könnerschaft aquarelliert.

Eine Sitzgruppe bestand aus einem Sofa und zwei Sesseln, die nicht zusammengehörten, aber zusammenpassten, als kennten sie sich schon lange.

Hinter einem japanisch anmutenden Paravent stand ein Bett und an der Wand zwischen den beiden Fenstern ein Schreibtisch aus hellem Holz.

Jasmin saß daran. Neben ihr stand ein Bilderrahmen mit einer Trauerschleife. Es enthielt eine Porträtaufnahme von Jakob Sterner.

Vor ihr auf der Tischplatte lag ein Tablett. Es war übersät mit Scherben, und Jasmin hantierte mit Pinzette, Lupe und Leim.

Bereits zu erkennen war trotz unzähliger Sprünge und Leimstellen ein liegender in Schwarz, Violett und Gelb gekleideter Harlekin.

In Arbeit war ein weißes nacktes Bein mit einer Pobacke.

Es klopfte.

Jasmin öffnete den Korpus des Schreibtischs und verstaute das Tablett.

»Herein?«

13

María hatte viele gute Seiten. Eine ihrer besten: Sie war nicht nachtragend. Schon von weitem war zu sehen, dass der Blechtisch auf dem kleinen Sitzplatz vor dem Häuschen weiß gedeckt war, und als sie das Gartenhaus betraten, duftete es nach Guasca.

María kochte Ajiaco Santafereno, ein wunderbares Gericht aus ihrer Heimat Kolumbien.

»Ich habe es für mich gekocht«, sagte sie mit gespielter Strenge, als sie die Mmmms und Oooohs der beiden Männer hörte, »aber ihr dürft auch ein bisschen davon haben.«

Ajiaco war eine dicke Hühnersuppe mit verschiedenen Kartoffelsorten und gewürzt mit Guascablättern. Carlos war wohl der einzige Gärtner weit und breit, der dieses kolumbianische Gewürz anbaute, denn hierzulande galt es als lästiges Unkraut.

Es war nach zwanzig Uhr und noch immer so warm, dass man ohne Jackett hätte draußen sitzen können, wenn man nicht Johann Friedrich von Allmen und sein Diener Carlos gewesen wäre. Die Amseln sangen ihre Sommerlieder, und die Alpenkette hob sich weiß und nah vom blauen Himmel ab. María hatte Carlos' Rolle als Diener übernommen und ihm die des Teilhabers von Allmen International Inquiries zugewiesen.

Der Tisch war für drei gedeckt. Auf jedem Platzteller stand ein glasierter Tontopf, in den sie die dickflüssige Suppe schöpfte, Huhn und Stücke von Maiskolben dazugab und das dampfende Gericht mit Kapern und einem Löffel Sahne krönte.

Danach legte sie ihr weißes Schürzchen ab und

setzte sich dazu. In ihrer Eigenschaft als Assistentin der Geschäftsleitung.

Spätestens jetzt wurde Allmen und Carlos klar, dass es sich hier um ein Geschäftsessen handelte.

Sie berichteten von den Ereignissen des Tages und beantworteten die Fragen, die María stellte, wenn ihr etwas zu vage war.

Als der Bericht beendet war, war auch der Ajiaco gegessen. María band wieder ihr Schürzchen um und räumte den Tisch ab. Carlos schenkte Wein nach. María hatte aus Authentizitäts- und Kostengründen einen chilenischen Merlot gewählt und, weil er preislich weit unter Allmens Mindestmarke lag, dekantiert.

María kam mit einer Natilla zurück, einer Art Pudding aus Rohrzuckermelasse, Zimtstangen und Maismehl, einer weiteren kolumbianischen Spezialität. Sie schöpfte und setzte sich wieder dazu. Die Geschäftsleitungssitzung konnte weitergehen.

»Fassen wir zusammen, *señores*«, begann María. »Von dreihunderteins Porzellanen fehlen neunzehn«, ein Blick auf Allmen, »und wir wissen, wo sich diese befinden.«

Allmen deutete eine entschuldigende Geste an.

»Dazu gibt es sechsunddreißig sexy Porzellane«, es klang wie ein Fachausdruck, »von denen wir auch wissen, wo sie sich befinden …«

Allmen unterbrach. »Fürs Protokoll: Von denen *einige von uns* wissen.«

»Zu Ihrem Schutz, Don John, wissen Sie es nicht. Aber diese Porzellane gibt es deswegen nicht, weil der Besitzer nicht will, dass es sie gibt.«

Während dieser Ausführungen hatten sich Allmen und Carlos an der Natilla gütlich getan. María legte eine Pause ein, um auch ein paar Löffel davon zu kosten, und sprach dann weiter. »Und dann gab es noch ein siebenunddreißigstes sexy Porzellan, das der Grund ist, weshalb man die anderen sechsunddreißig nicht seinem Besitzer zurückgeben kann: Er hat es vernichtet.«

Sie aß den Rest ihrer Natilla und schob die leere Kristallschale beiseite. »Wem gehört etwas, das es nicht gibt?«

Carlos: »Dem, der es hat.«

Allmen: »Dem, dem es gehören würde, wenn es es gäbe.«

María: »Aber wenn der es auf keinen Fall will?«

Allmen: »Dann gehört es seinen Erben.«

Carlos zündete die Kerzen in den Windlichtern an, die auf dem Tisch standen, denn es dämmerte inzwischen.

María griff das Thema wieder auf: »Aber die Erbin darf es ja nicht sehen. Sie darf nicht einmal wissen, dass es existiert.«

Carlos half ihr: »Sie darf nicht einmal ahnen, dass so etwas überhaupt existiert. Auf der Welt!«

»Sie ist wie alt?«, rief María aus. »Fünfundzwanzig? *Madre mía!*«

Es war Allmen, der es schließlich aussprach: »Wenn etwas keinen Besitzer hat, muss man einen finden.«

Und María ergänzte: »Oder mehrere.«

Die Kerzen tauchten die nachdenklichen Gesichter in gelbes Licht, eine letzte Amsel hatte noch nicht genug gesungen.

»Auktionshäuser kommen nicht in Frage. Was dort keinen Besitzer hat, findet auch keinen Käufer«, stellte Allmen fest.

»Sie kennen doch diskrete Händler«, sagte María, »die nicht nach dem Besitzer fragen, Don John.«

Allmen warf Carlos einen leicht vorwurfsvollen Blick zu. Es gab Informationen, die man auch im Bett nicht teilen sollte. »Aber das drückt die Preise gewaltig.«

»Haben wir eine andere Wahl?«, fragte Carlos.

Allmen schüttelte den Kopf, und sie versanken wieder in Schweigen.

»Und Krähenbühler?«, fragte Allmen, mehr sich selbst als die anderen.

»Crayanbala müssen wir einweihen«, befand Carlos.

Allmen nickte resigniert. »Und beteiligen.«

»Aber mitkommen zu diesen diskreten Händlern, die nicht nach dem Besitzer fragen, kann er ja nicht, oder?« Es war María, die die Frage stellte.

»Das würde er nicht riskieren. Die Händler auch nicht. Und ich auch nicht.«

»Dann erfährt er die Preise ja nicht. Und Quittungen gibt es auch keine.«

Jetzt lächelte Allmen. »Stimmt.«

»Und wie viele es sind, weiß er auch nicht«, warf Carlos ein.

»Stimmt auch«, pflichtete Allmen bei.

»Waren es nicht neunzehn«, fragte Carlos.

María winkte ab. »Nein, nein. Es waren zwölf.«

»Falsch«, widersprach Allmen, »es war keine zweistellige Zahl. Es waren genau neun.«

Jetzt grinsten alle drei.

14

Die Besprechung fand nicht wie sonst im Glashaus statt, sondern am quadratischen Esstisch im engen Wohn-Esszimmer, an dem nur drei Personen Platz fanden, weil er an der Wand stand. Krähenbühler saß mit Blick zur Wand, Allmen und Carlos flankierten ihn.

Sie hatten ihm von der Begegnung mit Jakob Sterner erzählt, von der Zerstörung des indiskreten Harlekins. Danach holte Allmen etwas aus.

»Ich fasse kurz zusammen: Es ist uns also gelungen, in dem von Ihnen bezeichneten Lager der Firma Loginew die besagten erotischen Porzellankreationen, sagen wir einmal – sicherzustellen. Es handelt sich um diese neun Exemplare. Carlos, bitte.«

Carlos stand auf und holte von einer Anrichte ein Tablett, das er auf den Tisch stellte und das Tuch entfernte, das die Figuren bedeckte.

»Was? Nur neun?« Krähenbühlers klobige Finger nahmen ein Schäferpärchen vom Tablett. Er nahm die beiden Teile auseinander und vertiefte sich in die Unteransicht, während Allmen fortfuhr. »Wir haben Jakob Sterner, dem Besitzer der Sammlung, wie von Ihnen vorgeschlagen, angeboten, die Gegenstände zu suchen und sicherzustellen, aber er ist leider nicht interessiert. Im Gegenteil, er ist glücklich, die Sachen los zu sein.«

Krähenbühler stellte das Stück zurück und inspizierte ein anderes.

»Das heißt, Ihr Plan ist nicht aufgegangen, und die einzige Möglichkeit, aus dem Unternehmen doch noch einen Profit zu schlagen, wäre, die Objekte zu verkaufen.«

Ohne aufzublicken, fragte Krähenbühler: »Verkaufen? Sie meinen verhehlern.«

»Ich meine, über Kontakte, die keine Fragen stellen, zu Geld zu machen. Leider mit den unter diesen Umständen anfallenden finanziellen Abstrichen.«

Krähenbühler nahm sich die nächste der Porzellandamen vor. »Und die wären wie hoch?«

»Verhandlungssache.«

»Und die Verhandlungen führen Sie?«

»Sie dürfen gerne dabei sein.«

»Ich als Chef einer Sicherheitsfirma verhandle mit Hehlern? Vergessen Sie es.«

»Dann müssen Sie uns vertrauen.«

Jetzt blickte der Sicherheitsexperte auf und musterte seine beiden Partner. »Bestimmt werde ich das einmal bereuen.« Er wandte sich wieder den Unteransichten zu.

Erst als er alle neun Exemplare genau unter die Lupe genommen hatte, machte Krähenbühler Anstalten zu gehen. Carlos begleitete ihn.

Sie durchquerten das Vestibül. María, die dort nachlässig mit einem Staublappen über das Garderobetischchen wischte, rief dem Besucher nach: *»Hasta la próxima, señor Crayanbala.«*

Als Carlos zurückkam, war María nicht mehr im Vestibül. Er fand sie bei Allmen in der gläsernen Bibliothek.

Sie betrachteten ein Video auf ihrem Smartphone.

Und lächelten.

15

Das Spesenkonto von Allmen International Inquiries war zwar genauso leer wie alle anderen, aber Carlos hatte es mit einem Barkredit aus eigener Tasche ein wenig aufgebessert. So konnte Allmen in einem sommerlichen Khaki-Dreiteiler unbefangen im Viennoise auftauchen und Gianfranco begrüßen, als stünde er bei ihm nicht in der Kreide.

Gianfranco begrüßte ihn erfreut mit seinem üblichen *»Buon giorno, signor Conte«,* nahm das *»Réservé«*-Schild von dem Tisch, den er immer für spezielle Gäste freihielt, und eilte an den Tresen, um Allmens Schale und sein Croissant zu holen.

Die Fenster zur Straße des alten Wiener Kaffeehauses waren weit geöffnet, und nur die Stammgäste hatten sich vom herrlichen Wetter nicht auf die Boulevardbestuhlung des Trottoirs locken lassen.

Es war einer dieser Stammgäste, den Allmen treffen wollte: Carl Boeni.

Er saß um diese Zeit in der Regel am Jack-Tanner-Tisch, wie die Insider diesen Stammtisch zum

Andenken an den gewaltsam ums Leben gekommenen Antiquitätenhändler noch immer nannten.

Carl Boeni war erst nach Tanners Tod zu dieser Runde gestoßen. Er saß nun an dessen Platz und übte auch den gleichen Beruf aus. Und zwar auf vergleichbar diskrete Art und Weise. Sogar eher noch etwas diskreter, denn er besaß kein Geschäftslokal, und eine seiner festen Regeln war, dass er über die diskreten Geschäfte weder telefonisch noch elektronisch verhandelte, sondern nur mündlich und persönlich.

Jetzt saß er mit den drei anderen Ladenbesitzern vor seiner Tasse und unterhielt sich angeregt. Allmen winkte der Runde zu, und diese quittierte den Gruß in der gewohnten Beiläufigkeit.

Boeni war der Jüngste der vier, aber auch um die sechzig. Er hatte graues strähniges schulterlanges Haar und war hager wie jemand, der viel abgenommen hatte in einem Alter, in dem sich die Haut nicht mehr der ungewohnten Schlankheit anpasste. Er besaß die gelben Finger und groben Poren des starken Rauchers, und dass er ein solcher war, war auch der Grund dafür, dass Allmen diesen Ort gewählt hatte, um ihn zu treffen.

Kaum hatte Gianfranco Kaffee und Croissant gebracht, erhob sich Boeni von seinem Platz und ging an der Theke vorbei zum Hinterausgang.

Allmen nahm einen Bissen von seinem Croissant, spülte ihn mit einem winzigen Schluck zu heißen Kaffees hinunter und folgte ihm.

Boeni stand vor der Tür des Hinterausgangs neben einem schweren angeketteten Standaschenbecher und rauchte.

Allmen nickte ihm zu und zog seine Zigarettenspitze aus der Jackentasche, die er für die seltenen Rückfälle in seine alte Gewohnheit immer dabeihatte.

Boeni wusste, dass dies für Allmen keine Rauchpause war, und wartete.

»Johann Joachim Kändler«, sagte Allmen.

Boeni nahm einen tiefen Zug, und mit dem Rauch kam das Wort »Meißen« heraus.

Allmen nickte. »Machte auch ab und zu pornographische Sachen.«

»Würde mich nicht wundern. Haben Sie welche?« Wieder nahm er einen heftigen Zug. Die Glut fraß sich bis zum Filter vor. Boeni drückte ihn in den Sand zwischen die Stummel im Aschenbecher und schob eine neue Zigarette unter dem Elastikband seiner silbernen Dose heraus.

Allmen gab ihm Feuer. »Interessiert?«

Der Rauch brachte den Halbsatz »Es zu sehen« zutage.

»Das lässt sich einrichten.«

»Wann?«

»Ich bin flexibel.«

Boeni rauchte die Zigarette in drei raschen Zügen auf und nahm ein Notizbuch aus der Brusttasche. Er riss eine Seite heraus, kritzelte eine Adresse darauf und steckte sie Allmen zu. »Heute, siebzehn Uhr. Alleine.«

»Mit meinem Compagnon.«

Es war eine Vorkehrung, die auf die Initiative von María zurückging. Allmen konnte nicht feilschen. Er hatte – abgesehen von den Situationen, in denen er überhaupt nicht bezahlte – noch immer den geforderten Preis hinterlegt. Er verachtete Schnäppchen, weil er der Ansicht war, dass für eine Sache der Betrag zu bezahlen sei, den sie wert war. Und wie viel wert sie war, bestimmte nach seinem Verständnis der Anbieter.

Er hatte auch nur Verachtung übrig für die, die sich nicht an diese Regel hielten. Und bestrafte sie damit, dass er den Betrag diskussionslos akzeptierte, den sie boten.

Carlos hatte diese Schwäche seines *patróns* immer geärgert, aber wie alle seine Schwächen immer akzeptiert. Bis María ins Spiel kam. Sie war fassungslos, als sie erfuhr, dass der, der am meisten Geld brauchte, sich zu vornehm dafür war, es zu fordern. *Con todo el respeto.* Seither war Carlos bei solchen Verhandlungen dabei.

»Warum mit Ihrem Compagnon?«, wollte Boeni wissen.

»Wegen des Finanziellen.«

Boeni zögerte. Dann zuckte er mit den Schultern, wandte sich ab und ging zurück ins Café.

Allmen wählte den Weg außen herum. Als er die Türnische verließ und sich nach links und rechts umsah, war ihm, als hätte sich jemand rasch hinter einen geparkten Lieferwagen zurückgezogen.

16

Die Adresse lag in einem Außenquartier in einem Geschäftshaus aus den achtziger Jahren. Im Eingangsbereich stand ein stromlinienförmiges Empfangspult aus orangefarbenem Kunststoff, dessen Hochglanz von den Jahren etwas ermattet war. Die Wand dahinter war mit bauchigen Platten des gleichen Kunststoffs in der gleichen Farbe belegt.

Eine junge Frau mit hochgegelten Haaren und glattrasierten Schläfen saß hinter dem Pult. Sie hatte den Türöffner betätigt, als sie geklingelt hatten.

»Office dreieinundzwanzig«, sagte Allmen.

»Dritter«, antwortete sie, zeigte auf den Aufzug und wandte sich wieder ihrem Smartphone zu.

In einem schmalen langen Gang reihte sich Tür

an Tür, jede mit einer großen Nummer beschriftet, im gleichen Farbkonzept wie der Empfang: orange. An der Dreihunderteinundzwanzig klopften sie.

»Herein!«, rief Boenis Nikotinbass.

Sie betraten das winzige Büro. Das einzige Fenster stand offen, aber trotzdem war es, als würden sie eine Räucherkammer betreten.

Boeni erhob sich von einem Managersessel hinter einem Schreibtisch, vor dem zwei Besucherstühle standen. Das restliche Mobiliar bestand aus einem weißen modularen Gestell, das leer war bis auf einen Prospekt für dieses Bürohaus, in das man sich stunden-, tage-, wochen- oder monatsweise einmieten konnte. Und aus einem Garderobenständer, an dem ein Damenschirm hing.

Allmen stellte Carlos vor: »Mein Partner, Herr de Leon. Er kümmert sich um das Administrative, Technische und Finanzielle und unterstützt mich in den konzeptionellen Belangen.«

Carlos trug einen mittelgroßen billigen Handkoffer bei sich, den er jetzt anhob. »Darf ich?«

Boeni nickte, und Carlos legte ihn auf den Tisch. Er öffnete das Schloss und klappte ihn auf. Geöffnet bedeckte er den größten Teil des Schreibtischs. Sein Deckel war mit grauem Schaumstoff ausgepolstert, auf dem Inhalt lag ein weiches Tuch.

Carlos entfernte es.

Da lagen sie, jedes eingebettet in seine sorgfältig von Carlos und María auf sein Maß angepasste Ausschnittform: die neun anstößigen Porzellane.

Boeni steckte sich eine Zigarette an, ohne die Augen von den Preziosen zu lassen.

»Gestatten Sie?«, fragte er, und ohne eine Antwort abzuwarten, nahm er vorsichtig eine der Figuren heraus. Es war die Szene mit der von drei Schäfchen umgebenen Hirtin, die sich unter dem Strohhut, der auf ihrem Schoß lag, selbst befriedigte. Die Szene, von der sie drei Exemplare gefunden hatten.

»Der Hut«, half Allmen, »er ist abnehmbar.«

Boeni, der wegen der Zigarette zwischen den Lippen das Werk mit zugekniffenen Augen betrachtete, stellte es auf den Tisch, legte die Zigarette in den Aschenbecher und nahm eine Uhrmacherlupe aus der ausgebeulten Jackentasche, setzte sie vor das rechte Auge, zog das Gummiband über den Kopf und knipste das kleine LED-Licht an. Jetzt erst entfernte er den exakt in den Faltenwurf des geblümten Rocks eingepassten Strohhut. Die Oberschenkel waren geöffnet, auf dem rechten lag die weiße Hand, deren Zeigefinger die in liebevoller Präzisionsarbeit ausgeformten Schamlippen berührten.

Er näherte die Skulptur der Lupe, bis er die richtige Distanz gefunden hatte, und verharrte still.

Draußen schrillte wütend die Klingel eines Trams.

Endlich legte Boeni die Porzellangruppe zurück auf den Tisch und passte den Hut wieder ein. Er schob die Lupe hoch und richtete den Blick auf Allmen.

Das Licht der Lupe blendete ihn, und er schloss die Augen.

Boeni machte den kleinen Spot aus. »Wie viel?«

Das war Carlos' Stichwort. »Das ist von Kändler. Damit würden wir bei einer Auktion mindestens sechzigtausend erzielen. Mit nicht abnehmbarem Hut, *bien entendido,* wohlverstanden.«

Boeni wartete.

»Mit abnehmbarem das Doppelte.«

Carlos hatte Allmen die Preisgestaltung erklärt. Hundertzwanzigtausend würde das Objekt nicht erzielen, das war übertrieben. Aber dieser Einstieg gehörte zur Taktik. Carlos würde einen auf dem offiziellen Markt erzielbaren Preis für ein vergleichbares, aber unverfängliches Stück etablieren, also hier zum Beispiel sechzigtausend. Diesen würde er dann für die erotische Version verdoppeln auf hier eben diese hundertzwanzigtausend und davon die Abstriche des, sagen wir mal, inoffiziellen Marktes machen, womit man wohl wieder bei sechzigtausend wäre. Erst von dort aus würde das Feilschen beginnen, und zwar das Feilschen um den realisierbaren Verkaufspreis. Und von diesem, davon war Carlos nicht abzubringen, durfte Boenis Marge nicht höher als die Hälfte sein.

Boeni sah Carlos mit einem herablassenden Lächeln an. Dann sah er zu Allmen. »Er macht also das Finanzielle?«

Allmen nickte.

»Dann viel Glück.«

Carlos' Miene war so bewegungslos wie die einer Maya-Skulptur aus gebranntem Ton.

»Woher wissen Sie, dass ich überhaupt interessiert bin?«, begann Boeni.

»Sie sind es, Señor.«

Boeni musste das gelten lassen. »Hundertzwanzigtausend? Wie kommen Sie auf diese Phantasiesumme?«

Allmen starrte bereits verlegen auf seine Schuhspitzen. Aber Carlos fragte: »Was ist denn der Marktpreis für einen pornographischen Johann Joachim Kändler, Señor?«

»Es gibt keinen Marktpreis.«

»Weil es kaum einen pornographischen Johann Joachim Kändler gibt, Señor. Deshalb wäre dieser so teuer.«

»Er wäre zu teuer. Der Porzellanmarkt ist in der Krise.«

Carlos schüttelte den Kopf. »Die Krise, immer diese Krise. Was wäre denn der Preis in der Krise?«

»Siebzig. Höchstens.«

»Kaum mehr als ein nicht unanständiger Johann Joachim Kändler? Ich bitte Sie, Señor.«

Allmen suchte nach einer Ritze im Bodenbelag, in die er schlüpfen könnte.

»Aber wir sprechen hier nicht von Auktionspreisen. Wir sprechen hier von anonymen Verkäufern und anonymen Sammlern.«

Boeni gab seiner neuen Zigarette Feuer und inhalierte den Rauch. Er kam nicht mehr heraus, schien es Allmen.

»Die Hälfte. Fünfunddreißig.«

»Fünfzig«, erwiderte Carlos sachlich.

»Das sind fast drei Viertel.«

»Fast drei Viertel vom falschen Preis. Vom richtigen ist es die Hälfte. Fünfzig bekommen Sie für diesen Kändler, von dem es nur diesen gibt.«

Boeni dachte nach. »Vierzig. Eventuell.«

»Und Ihre Marge, Señor?«

»Meine Marge ist meine Sache.«

»Zehn Prozent«, sagte Carlos, todernst.

Boeni lachte auf.

»Zwanzig?«

»Dreißig?«

Carlos schüttelte energisch den Kopf. »Vierzig.

Letztes Angebot. Mehr als vierzig ist unanständig.«

Boeni grinste. »Die Porzellangruppe ist auch unanständig. Fünfzig. Meine Marge ist fünfzig.«

Carlos sah Allmen an, der schon lange versuchte, ihm zu verstehen zu geben, dass er einwilligen solle. Der nickte.

»Fünfzig«, sagte Carlos und gab Boeni die Hand. Der drückte sie flüchtig und fischte vorsichtig die nächste Figur aus ihrer Polsterung. Das Schäferstündchen eines höfischen Paares. Sie saß auf seinem Schoß. Und von diesem konnte man sie hochheben, um genau zu sehen, wie.

Boeni schob die Uhrmacherlupe wieder über das Auge, knipste das Lichtlein an und studierte ausgiebig die Details.

Als er das Paar endlich abstellte, fiel sein Blick auf die Schäferin. Er stutzte. »Habe ich vorhin eingewilligt, zwanzigtausend dafür zu bezahlen?«

»Sí, señor.«

17

Es war einer der wichtigsten Gründe gewesen, dass er den Polizeiberuf aufgegeben hatte: das Observieren. Er hatte einmal grob überschlagen, wie viel

Zeit seines Lebens er so verbracht hatte. Auf dem Fahrersitz eines Autos gegen den Schlaf, den Hunger, die Langeweile, die Gier nach einer Zigarette kämpfend darauf zu warten, dass jemand kam oder ging oder blieb. Er war in den neun Jahren als Detektiv auf über vier Monate gekommen! Über vier Monate seines Lebens hatte er damit verschwendet, Leute zu beobachten, die ihm je länger, desto leidenschaftlicher gleichgültig waren.

In einer Situation wie dieser hatte er den Entschluss gefasst, diesen Beruf an den Nagel zu hängen. Er wusste nicht mehr, wen er weshalb observiert hatte. Nur noch, dass er dringend auf die Toilette musste und gezwungen war, in seine Thermosflasche zu pissen. Denn wenn er seinen Posten auch nur kurz verlassen hätte, hätte sich das Objekt mit hundertprozentiger Sicherheit genau in diesem Moment bewegt. Wäre nicht das erste Mal gewesen. Nicht das erste Mal, dass er nach kürzester Abwesenheit zum Wagen zurückkam und nicht wusste, ob die observierte Person noch im observierten Haus war, und es auch nicht herausfinden konnte, bevor nach Stunden die Ablösung kam, der gegenüber er nicht zugeben durfte, dass er es nicht wusste.

Gab es etwas Erniedrigenderes, als fast einen Liter wunderbaren heißen Kaffee unauffällig in den Rinnstein schütten und in die noch dampfende Thermosflasche pinkeln zu müssen?

An dem Tag, als genau in diesem Augenblick der Observierte beschwingt das Haus verließ und verlorenging, hatte er den Entschluss gefasst, den Beruf zu wechseln. Gleich am nächsten Tag reichte er die Kündigung ein. Kurz vor seiner Beförderung zum Detektivwachtmeister.

Und jetzt, Jahre später und Inhaber einer aufstrebenden Security-Firma, observierte er wieder. Zum Glück nur ausnahmsweise. Und immerhin aus eigenem Interesse.

Er war Allmen und seinem Diener-Partner von der Villa Schwarzacker gefolgt, bei der Auffälligkeit des achtundsiebziger Cadillacs keine Kunst.

Er hatte gesehen, wie sie dieses Bürohaus betreten hatten, Carlos mit einem Handkoffer. Und er würde auch sehen, ob sie mit oder ohne Koffer wieder herauskamen.

Eine knappe Stunde musste er warten, bis die beiden das Haus verließen. Ohne Koffer.

Und weitere zehn Minuten, bis er den Koffer wiedersah. In der Hand des Mannes, den Allmen am Hinterausgang des Café Viennoise getroffen hatte.

Der Mann stieg in ein Auto. Krähenbühler folgte ihm bis zu einem Einfamilienhaus auf dem Villenhügel.

18

Das Fünfeck war kein Restaurant. Das Fünfeck war eine Wirtschaft. So nannte es Martha Binz, seit sie es von ihrer Tante übernommen hatte vor bald sechzig Jahren.

Das Fünfeck war schon immer von Frauen geführt worden. Bereits die Mutter jener Tante hatte hier die Hosen an, obwohl offiziell ihr Mann der Wirt gewesen war. Aber er war einer jener Wirte, von denen es hieß, sie seien selbst ihr bester Gast.

Das Fünfeck lag in einem Stadtbezirk mit einer gefälligen Mischung aus Wohnhäusern, Geschäftshäusern und Ladengeschäften. Es hatte dem Bauboom der achtziger Jahre und den Baubooms davor widerstanden und fügte sich etwas anachronistisch in die Häuserreihen. Es besaß drei Etagen, wovon die dritte nur ein einziges Fenster unter dem Giebeldach hatte. Die Gaststube war niedrig und bestand nur aus zwölf Tischen, darunter einem langen schmalen mit zwanzig Stühlen, an dem die Wirtin die Gäste willkürlich zusammenwürfelte. Es kam allerdings selten vor, dass zwei nebeneinander- oder sich gegenübersaßen, die sich nicht kannten. Im Fünfeck kannten sich fast alle.

Eine Spezialität des Fünfecks waren seine Stuben. Kleine getäfelte Räume mit jeweils nur einem Tisch, der sechs, acht oder zwölf Gästen Platz bot. Sechs solcher Stuben gab es. Sie trugen die Namen verdienter Serviertöchter der letzten hundertsechzig Jahre: Resi, Erna, Ida, Lotti, Gerda und Iris.

Die Stuben waren sehr beliebt bei den Geschäftsleuten der Gegend, sogar der Stadt. Man konnte hier bei bürgerlicher Küche Gespräche führen oder Geschäfte machen, bei denen man keine Zeugen brauchte.

Allmen hatte ›Ida‹ bestellt, eine Sechserstube. Er mochte sie wegen ihres überdimensionierten grünen Kachelofens mit der lakonischen Aufschrift über der Ofenbank: »Der hyr hocket tut nyt Tümmeres.«

Martha Binz war eine kleine hagere Frau mit kurzen struppigen Haaren, die immer noch schwarz waren, obwohl sie sie nicht färbte. Dennoch sah man ihr ihre vierundachtzig Jahre an. »Die hat man mir schon mit sechzig angesehen«, pflegte sie zu scherzen, in Anspielung auf die tausend Fältchen, die ihr Gesicht überzogen.

Sie ließ es sich nicht nehmen, Allmen und Carlos persönlich in die ›Ida‹ zu führen. Als sie sich an den weißgedeckten Tisch setzten, flüsterte sie verheißungsvoll: »Erdbeertoast.«

Allmen breitete entwaffnet die Arme aus. Erdbeertoast!

Sie erwarteten Krähenbühler um fünfzehn Uhr. Allmen hatte ihn weder zu Hause noch zum Essen treffen wollen, zum Tee im Fünfeck war der Kompromiss, zu dem er sich durchgerungen hatte. Und wenn sie die Erdbeertoasts gleich bestellten, schafften sie es vielleicht noch, sie zu essen, bevor er eintraf.

Sie waren fest entschlossen, dieses Treffen mit ihm zu ihrem letzten zu machen. Sie würden ihn auszahlen und dafür sorgen, dass er sie in Ruhe ließ.

Carlos' Preisverhandlungen am Vorabend mit Boeni waren erfolgreich verlaufen. Obwohl sich seine Erwartungen nicht ganz erfüllt hatten.

Boeni hatte dann doch noch sein Verhandlungsgeschick unter Beweis stellen wollen und zwei Dinge ausgehandelt, auf die Carlos nur zähneknirschend eingegangen war: erstens einen Einheitspreis für alle neun Anstößigkeiten. Zweitens einen Mengenrabatt von zehn Prozent.

Aber immerhin bedeutete das hundertzweiundsechzigtausend Franken, steuerfrei. Ein Vielfaches von dem, was Allmen ohne Carlos' Hilfe herausgeholt hätte.

Krähenbühlers Anteil betrug die Hälfte. Die Hälfte des Betrags, den sie ausgehandelt hatten. Oder hätten.

Die Serviertochter, sie mochte Ende vierzig sein

und hieß Lydia – auch ein Name, der es einst auf die Tür einer der Stuben schaffen könnte –, brachte ein Tablett mit Erdbeertoasts. Dünne in Butter geröstete Weißbrotscheiben, belegt mit geschnittenen, in gezuckertem Zitronensaft marinierten Erdbeeren und etwas Schlagrahm auf der Seite. Für Carlos ein Krüglein Kaffee dazu, für Allmen ein Fläschchen Champagner, das Getränk, das die Erdbeere und ihre Sahne liebt.

Die Platte war noch halb voll, als Lydia den Gast brachte. Krähenbühler sah aus, als wäre er zum ersten Mal im Fünfeck. Er trug wie immer einen schwarzen Anzug, ein weißes Hemd und eine schwarze Krawatte. Er war beim Coiffeur gewesen, seine Haare waren frisch geschoren, seine Augenbrauen neu getrimmt.

Allmen fühlte sich verpflichtet zu fragen: »Mögen Sie auch?«, und deutete auf die Erdbeertoasts und den Champagner. Ohne die Antwort abzuwarten, bat er Lydia, ein Gedeck für den Gast zu bringen.

Krähenbühler setzte sich. »Und? Wie ist es gelaufen?«

»Erwartungsgemäß«, antwortete Allmen.

»Erwartungsgemäß gut oder erwartungsgemäß schlecht?«

»Bei dieser Art von Verkauf sitzt man immer am kürzeren Hebel.«

»Sie meinen, beim Hehler.«

»Mein Kontakt ist kein Hehler. Er ist ein diskreter Händler.«

»Wie viel hat er bezahlt?«

»Den Umständen entsprechend gar nicht so wenig.«

Krähenbühler wartete.

»Fünftausend«, sagte Allmen schließlich.

Er glaubte, den überraschten Blick von Carlos zu spüren. Sie hatten sich nämlich auf sechstausend geeinigt. Dies war das erste Mal in seinem Leben, dass Allmen gefeilscht hatte, wenn auch nur mit sich selbst und im Stillen.

Er betrachtete Krähenbühler, als erwarte er ein anerkennendes Nicken. Aber der sagte: »Und das soll ich Ihnen glauben?«

»Die Marktpreise von guterhaltenen Meißen-Objekten nach Modellen von Johann Joachim Kändler liegen zwischen tausend und sechzigtausend«, klärte ihn Allmen auf.

»Ich weiß. Aber hier handelt es sich um sehr spezielle Modelle.«

Carlos meldete sich. »Der Preis ist okay, Señor. Wir haben gekämpft.«

In Krähenbühlers Gesicht kämpfte es auch. Die Wut gegen die Resignation. Im Moment führte die Wut.

»Haltet ihr mich eigentlich für total verblödet?«

Lydia brachte das Gedeck, stellte es vor Krähenbühler, nahm den Champagner aus dem Eiskübel und schenkte beide Gläser voll.

Allmen wartete, bis sie draußen war, dann hob er das Glas. Krähenbühler machte keine Anstalten, seines zu berühren. »Ihr verarscht mich.«

Allmen führte das Glas an die Lippen und trank einen Schluck. Krähenbühler schien aufzugeben. »Wo ist das Geld?«

Allmen stand auf. »Moment.«

Er verließ die Stube, ging zur Toilette und schloss sich ein. Es war ihm eingefallen, dass seine spontane Preisänderung ein kleines Problem mit sich brachte. Er hatte für Krähenbühler die Hälfte von neun mal sechs, also siebenundzwanzigtausend, abgezählt. Jetzt brauchte er nur zweiundzwanzigtausendfünfhundert, und er wollte von seinem Geldbündel nicht vor Krähenbühlers Augen die viertausendfünfhundert abzählen. Deshalb musste er es hier tun.

Als er die Stube wieder betrat, kam es ihm vor, als wäre die Szene eingefroren wie eine Bildpanne im Kino. Carlos saß da, wie er dagesessen hatte, und Krähenbühler schien sich auch keinen Millimeter bewegt zu haben.

Allmen setzte sich, trank einen Schluck aus seinem Kelch, griff in die Brusttasche und schob das dünne Bündel über den Tisch.

Krähenbühler zählte die Scheine und nickte. »Das ist die Hälfte.«

»Wie abgemacht«, bestätigte Allmen.

»Die Hälfte von einem Betrag, den ich Ihnen nicht glaube. Jetzt will ich noch die andere Hälfte.«

Allmen und Carlos wechselten einen Blick.

»Wir verstehen Sie nicht, Herr Krähenbühler.«

»Ach komm, Allmen, ihr habt doch mehr herausgeholt. Mindestens das Doppelte. Und davon will ich die Hälfte, basta.« Er war wieder in sein aggressives »Du« gefallen.

»Das ist der Preis, den wir erzielt haben, Herr Krähenbühler. Sie müssen mir glauben.«

»Ich muss überhaupt nichts!«, schrie Krähenbühler, fasste in seine Brusttasche, zog sein Smartphone hervor und begann hektisch darauf herumzutippen.

Allmen und Carlos warteten, während Krähenbühler erregt vor sich hin murmelte: »Muss überhaupt nichts, überhaupt nichts muss ich, nichts.«

Endlich fand er, was er gesucht hatte: das Video, das Allmen in der Literaturgesellschaft zeigte, wie er ein kleines Fabergé-Ei klaute. Er hob das Smartphone hoch.

Und sah sich konfrontiert mit einem zweiten Smartphone: dem von Carlos.

Auch auf diesem lief ein Video. Es zeigte Krähenbühler frontal. Er saß an einem Tisch, vor ihm eine Anzahl Porzellane. Er rief aus: »Was? Nur neun?«, und nahm eine Figurine aus der Sammlung.

Die Kamera zoomte auf seine Hände. Man sah, dass es sich um ein Pärchen handelte. Er fingerte daran herum, und plötzlich lösten sich zwei Teile voneinander. Die Kamera zoomte zurück. Allmens Stimme war zu hören: »Wir haben Jakob Sterner, dem Besitzer der Sammlung, wie von Ihnen vorgeschlagen, angeboten …«

Krähenbühler schüttete Allmen seinen Champagner ins Gesicht und stürmte aus der Stube, mit den Worten: »Ihr werdet von mir noch hören.«

Carlos stand schon mit einer Serviette vor Allmen und war ihm behilflich. Der hellgraue Kaschmir-Seiden-Anzug hatte große dunkle Flecken, und das weiße Leinenhemd klebte rosa auf seiner Haut.

Als Allmen, von Carlos assistiert, das Fünfeck schließlich vergnügt verließ, war alles längst wieder trocken.

Dritter Teil

1

Er hatte gut geschlafen. Der Flug war ruhig gewesen, und er hatte wie immer auf den Pyjama der Fluggesellschaft verzichtet und seinen eigens für Flugreisen angefertigten getragen.

Er hatte eine Woche in New York verbracht, um etwas Abstand zu gewinnen zu diesem Mann, der so tief gesunken war, dass er seine Haut mit einem Kinderpyjama als Tarnkappe retten musste. Es war ihm ganz gut gelungen, den Respekt vor sich selbst zurückzugewinnen. Wenn es ihn auch fast seinen ganzen Anteil am Verkauf der erotischen Porzellane gekostet hatte.

Herr Arnold erwartete ihn in der Gepäckausgabe und kümmerte sich um das Gepäck, das dank einiger Neuanschaffungen um einen Lederkoffer angewachsen war, der nicht mehr in den mächtigen Kofferraum passte und auf dem Beifahrersitz mitfahren musste.

Zu Hause erwartete ihn, wie immer nach längeren Abwesenheiten, ein *desayuno chapín,* ein typisch guatemaltekisches Frühstück. *Huevos rancheros,* Spiegeleier mit pikanter Tomatensauce, *frijoles volteados,* pürierte und gebackene schwarze Bohnen, *plátanos fritos,* fritierte Kochbananen, Käse, Sahne, Chili und Tortillas.

Deswegen hatte er im Flugzeug am Morgen außer etwas Schwarztee nichts zu sich genommen.

Nach dem Frühstück packte Carlos die Koffer aus, und Allmen sah die Post durch. Ein paar Privateinladungen, nicht viele, der Juni war gesellschaftlich nicht Saison, die Einladung zur Vorstandssitzung der literarischen Gesellschaft Sternwald. Drucksachen, Werbesendungen, Politisches, Amtliches und Rechnungen waren keine dabei, Carlos visionierte die Post gewissenhaft.

Aber ganz zuunterst lag ein handschriftlich adressiertes Kuvert mit dem Emblem des Dagmarinäums, dem schwarzen Kreuz auf dunkelgrünem Grund.

Allmen öffnete es mit dem massiven silbernen Brieföffner, mit dem Carlos die Post beschwerte.

Der Brief war in einer eckigen Handschrift verfasst. Er trug als Briefkopf den auf Mittelachse gesetzten Namen Cognatus Reimund und lautete:

Sehr geehrter Herr von Allmen
Ich wende mich an Sie in Ihrer Eigenschaft als Inventarführer der Erbschaft Jakob Sterner sel.
Im Auftrag der mir schutzbefohlenen Alleinerbin, Jasmin Defries, der Enkelin des Verstorbenen, bitte ich Sie um eine Besprechung. Es handelt sich um das in der Firma Loginew eingelagerte Inventar der ehemaligen Porzellanhandlung Sterner Söhne und den Einbruch, bei welchem offenbar nach Ihrer Feststellung einige wertvolle Stücke abhandengekommen sind.
Darf ich Sie bitten, bei unserem Sekretariat einen Termin zu vereinbaren. Mir sind in den nächsten zwei Wochen werktags alle Nachmittage zwischen 14 und 16 Uhr möglich.
Hochachtungsvoll
Reimund Müggler

Als Carlos das nächste Mal den Raum betrat und fragte: »*Algo más,* Don John?«, sonst noch etwas?, las Allmen ihm das Schreiben vor.

»Vielleicht, *tal vez,* doch ein Auftrag, Don John.«

»*Tal vez*«, pflichtete Allmen bei. Er dachte nach. »Wenn es Allmen International Inquiries gelingen würde, die fehlenden Porzellane zu finden, wie hoch schätzen Sie, könnte das Honorar ausfallen?«

Carlos schien diese Kalkulation schon gemacht

zu haben. Ohne nachzurechnen, antwortete er: »Bei einem mittleren Wert von fünftausend, Don John, und einem Honorarschlüssel von zwanzig Prozent – ungefähr zwanzigtausend.«

Allmen ließ die Figuren an seinem geistigen Auge vorüberziehen. Die Harlekine, die Affenkapelle, die Sängerin mit dem Fuchs am Spinett. Er hatte sich schon so an den Gedanken gewöhnt, diese reizende kleine Sammlung sein Eigen zu nennen und sie in besseren Zeiten mit großzügigeren Platzverhältnissen hübsch präsentiert ab und zu betrachten zu können. War sein Anteil von zehntausend – wie schnell haben sich zehntausend in Luft aufgelöst! – es wert, auf dieses Vergnügen zu verzichten?

Nein, befand er. Auf alle Fälle nicht jetzt, wo Selbstbewusstsein und Kreditwürdigkeit wiederhergestellt waren.

Aber Jasmin, das Mädchen mit dem reinen Herzen, würde er zu gerne kennenlernen.

2

Diesmal ließ man sie nicht warten. Cognata Irmela öffnete das Tor und führte Allmen und Carlos in die düstere Eingangshalle und weiter in den Korridor zum Lift.

Es roch wieder nach gekochtem Gemüse, und durch die Glasscheibe des Speiseraums sah man die langen noch unabgeräumten Tische.

Der Aufzug fuhr sie noch ein Stockwerk höher als beim letzten Mal. Die Schwester führte sie durch eine karge Diele zum Imitat einer mittelalterlichen Eichentür. Sie drückte auf einen der schmiedeeisernen Beschläge, und durch das dicke Holz war das gedämpfte Schrillen einer Glocke zu vernehmen.

Ein Türöffner surrte, und die kleine Frau stemmte sich gegen den schweren Flügel. Er öffnete sich.

Der Raum, den sie betraten, war viel heller, als Allmen erwartet hatte. Er reichte bis hinauf in den Giebel, bestimmt zehn Meter, und besaß vier Erker, die von außen wohl Türmchen darstellten. An den geraden Wänden, bevor die Dachschräge begann, befanden sich Fenster. Und in der Dachschräge darüber Doppelreihen von Dachluken.

In der Mitte des Raumes stand ein mächtiger Schreibtisch, auch er in der Gründerjahregotik des ganzen Gebäudes.

Auf dem Sessel im gleichen Stil saß Cognatus Reimund. Der Größe seines kahlen Schädels nach zu schließen, entsprach er den Dimensionen seiner Umgebung.

Doch als er sich nun erhob, kam ein kleiner Mann mit einem überdimensionierten Kopf auf Allmen und Carlos zu. Er streckte ein hageres hartes Händchen aus und lächelte seine Gäste mit ebenfalls disproportionierten Zähnen an.

»Herr von Allmen«, sagte er, mit dem Akzent auf dem A, »schön, dass Sie und Ihr Mitarbeiter den Weg noch einmal zu uns gefunden haben. Die beiden ersten Male konnte ich Sie leider nicht begrüßen, ich befand mich in Klausur.«

Er trug eine tannengrüne Kutte und am ungegerbten Lederriemen das schmiedeeiserne Kreuz. Er ging etwas vornübergebeugt, als hätte er schwer daran zu tragen.

Er führte sie zu einer Sitzgruppe aus großen hartgepolsterten Sesseln mit hohen senkrechten Lehnen. Sie standen an einem der Fenster und boten einen Blick auf Maisfelder, Mischwald und Obst. Eine Mittellandlandschaft.

Er gab der Cognata ein Zeichen, dessen Bedeutung Allmen erst erriet, als sie zu einem kleinen Schiefertisch ging, von dort ein Tablett mit einem Krug und drei Bechern brachte und Wasser einschenkte. Danach neigte sie den Kopf und verließ den Raum gemessenen Schritts.

»Trinken Sie«, forderte der Sektenführer Allmen auf. »Zum Wohl« oder »Prost« war wohl gegen die religiösen Regeln der Dagmarianer.

Sie tranken und warteten.

»Wie Sie meinem Schreiben entnommen haben, durfte Cognatus Jakob uns verlassen.« Er deutete das seltsame Über-Kreuz-Küssen zweier Finger an. »Er musste lange bleiben, der Arme.«

Carlos bekreuzigte sich und erntete einen irritierten Blick des Oberhaupts.

»Sie schreiben, dass Sie mit mir über das Porzellaninventar sprechen wollen«, sagte Allmen. Er wollte nicht in ein Gespräch über Transzendenz verwickelt werden.

»Richtig. Ihr Unternehmen war es, habe ich gehört, das nach dem Einbruch das Inventar aufnahm. Es fehlten um die zwanzig Stücke.«

»Neunzehn.«

»Wertvolle Stücke?«

»Ich bin kein Experte. Aber der größte Teil der Sammlung besteht aus ausgesuchten Stücken.«

Reimund nickte nachdenklich. »Worüber ich vor allem mit Ihnen sprechen wollte, ist die Attitüde der Figurinen.«

»Die Attitüde?«

»Ein großer Teil der Meißner Sachen stammen aus der Zeit des Rokoko, nicht wahr.«

»Ein sehr großer Teil.«

»Nun haben Sie, wie ich annehme, jedes dieser Stücke in der Hand gehabt.«

»Mein Partner und ich.«

Der Mann räusperte sich und trank einen Schluck Wasser. »Das Rokoko gilt ja allgemein als eine sehr … ähm … freizügige, gar frivole Epoche.«

Allmen sagte nichts.

Nach einer Pause fuhr Cognatus Reimund fort. »Ich nehme nicht an, dass Sie viel über uns Dagmarianer wissen, aber vielleicht ist Ihnen bekannt, dass wir … ähm … das exakte Gegenteil von freizügig sind. Wir verachten die Freizügigkeit.« Und jetzt schwoll plötzlich eine Ader auf seiner großen Stirn. »Wir hassen sie!«

Er pausierte, bis er sich wieder gefasst hatte.

»Jasmin ist ganz im Geist des Dagmarianismus aufgewachsen. Sie hat unser Glaubensgut verinnerlicht.«

Wieder unterbrach er seinen Monolog. Allmen sah, wie die Stirnader erneut anschwoll. Aber Reimund wartete, bis sie wieder abgeschwollen war. Dann sagte er mit kontrollierter Stimme: »Und wir werden zu verhindern wissen, dass sie mit diesem Schmutz in Berührung kommt.«

Der Mann wurde Allmen unheimlich. »Und was können wir dabei tun?«

Die Antwort kam rasch. »Das Inventar bereinigen.«

Allmen sah ihn nur fragend an.

»Ich weiß, das Anliegen ist ungewöhnlich. Jasmin

kennt die Sammlung noch nicht, und sie hat die Inventarliste noch nicht gesehen. Es fehlen neunzehn Stücke. Aber es könnten ja durchaus auch mehr fehlen, nicht wahr? Es könnten alle anzüglichen Sachen fehlen, Liebesszenen, Schäferstündchen … ähm … Aktdarstellungen, all das Zeug, Sie wissen schon. Sie könnten noch einmal inventarisieren und bei den Sachen, die ich meine, einen Kreis statt eines Kreuzes machen.«

»Und was machen wir mit den Sachen, die einen Kreis bekommen?«

»Verkaufen.«

»Ohne Wissen und Erlaubnis der Besitzerin?«

»Die werden Sie bekommen.« Die Antwort kam schnell und beiläufig. »Wir haben Jasmins volles Vertrauen.«

Allmen fragte sich, ob zu Recht.

Cognatus Reimund öffnete ein Mäppchen aus gelbem Karton, das auf dem Tisch lag, entnahm ihm eine frische, unbeschriebene Kopie der Inventarliste und reichte sie Allmen.

Er nahm sie zögernd entgegen. »Weshalb tun Sie es nicht selbst? Oder jemand von Ihren Leuten?«

Reimund war auf die Frage vorbereitet. »Wie schon erwähnt, vieles davon wird zweifellos nicht mit den Glaubensaussagen des Dagmarianismus vereinbar sein. Wir möchten niemanden aus unserer Gemeinde kompromittieren. Zudem kennen Sie diesen Teil der Erbmasse bereits. Und Sie sind ein Fachmann auf dem Gebiet des Kunsthandels und besitzen die nötigen Verbindungen, wenn es darum geht, die für uns inakzeptablen Objekte anderweitig zu verwerten.«

Allmen sah Carlos an, und der antwortete mit einem winzigen Nicken.

Die Vorstellung, noch einmal über dreihundert Porzellane aus- und wieder einzupacken, ließ Allmen erschaudern. Aber die Gelegenheit, gewisse Stücke nach ganz anderen als dogmatischen Kriterien, nämlich nach Seltenheit, Qualität und Wert, auszusortieren und zu verkaufen, war nicht ganz unverlockend.

Der Cognatus wandte sich an Carlos und fand die richtigen Worte: »Sie würden selbstverständlich beim Verkauf eine angemessene Kommission erhalten. Und soviel ich verstanden habe, sind Sie spezialisiert auf die Wiederbeschaffung abhandengekommener Kunst. Die neunzehn gestohlenen Stücke fallen doch in diese Kategorie, nicht wahr?«

»So ist es, Señor.«

»Diese Aufgabe fiele dann natürlich in den Rahmen des Gesamtauftrages.«

Nun mischte sich Allmen ein: »Die Chancen, die Stücke zu finden, schätze ich als sehr klein ein. Die

Auswahl ist so gezielt erfolgt, dass ich davon ausgehe, dass wir es mit einem Auftragsdiebstahl zu tun haben. Weder die Affenkapelle noch die Harlekine werden je auf dem Markt auftauchen. Die Stücke befinden sich wahrscheinlich längst in einer Privatsammlung.«

Cognatus Reimund fixierte Carlos. »Teilen Sie diese Meinung?«

Carlos musste sich entscheiden zwischen seiner Rolle als Diener und der als Partner. Er entschied sich für Diener. »Es spricht sehr viel für Herrn von Allmens Theorie.«

In diesem Moment ertönte schrill die Klingel, die sie, als sie kamen, durch die Eichentür gedämpft vernommen hatten.

Reimund stand auf, begab sich zu seinem Schreibtisch und fasste unter die Tischplatte. Der Türöffner surrte, und die schwere Tür öffnete sich langsam.

Jasmin trat ein.

3

Allmen und Carlos erhoben sich von ihren Stühlen.

Die junge Frau kam auf sie zu. Sie hielt den Kopf gesenkt und hob ihn erst, als sie Allmen und Carlos beinahe erreicht hatte. Ihre grünen Augen blickten nicht schüchtern, wie der zuvor gesenkte Blick hätte vermuten lassen können, sondern neugierig und unbefangen. Ihre helle Haut war makellos, bis auf ein paar angedeutete Sommersprossen unter den Wangenknochen.

Die Hand, die sie Allmen reichte, war weiß und schmiegsam und lag leicht in der seinen.

»Ich bin Jasmin«, sagte sie mit einer überraschend sonoren Stimme.

»Johann Friedrich von Allmen«, sagte Allmen und kam sich blöd vor. »Meine Freunde nennen mich John.«

»Dann nenne ich Sie John, und wie nennen Ihre Freunde *Sie*?«

Sie hatte sich zu Carlos gewandt.

»Carlos, *para servirle*.«

»Ein bisschen lang. Darf ich einfach Carlos sagen?«

Carlos wurde rot, und Allmen lachte auf. »Das gehört nicht zum Namen«, erklärte er, »›*para servirle*‹ ist eine Redensart aus seiner Heimat. Heißt so viel wie ›Ihnen zu Diensten‹, ›G'schamster Diener‹, wie die Österreicher sagten.«

Jasmin reichte Carlos die Hand und schenkte ihm ein amüsiertes Lächeln.

Sie trug ihr dunkelrotes Haar hochgesteckt, und

jetzt, wo sie Allmen bei der Begrüßung von Carlos halb den Rücken zuwandte, sah er, dass sich eine Locke aus der Haarklammer befreit hatte und bei jeder Bewegung an ihrem weißen Nacken tanzte.

»Danke, dass Sie mir helfen wollen mit den Porzellansachen. Ich kann es kaum erwarten, bis ich sie sehe. Sie sind bestimmt wunderschön.« Sie sah Allmen erwartungsvoll an.

Der runde Ausschnitt ihres gelbgestreiften blassgrünen Sommerkleids war so hoch angesetzt, dass die Salzfässchen über den Schlüsselbeinen nur zu erahnen waren.

Allmen war so in ihren Anblick versunken, dass er einen Moment brauchte, um zu reagieren. »Es sind exquisite Stücke darunter. Ihr Großvater war ein Mann von ausgesuchtem Geschmack.«

»Und ich hatte keine Ahnung von dieser Sammlung. Er hat mir nie davon erzählt. Es war sein Geheimnis.« Sie lächelte traurig und verweilte einen Moment in Gedanken bei ihm. »Aber setzen Sie sich doch bitte wieder.«

Allmen und Carlos gehorchten, und auch Cognatus Reimund, der noch immer beim Schreibtisch gestanden war, gesellte sich nun zu ihnen.

Sie nahm den Faden wieder auf. »Kein Wort über Porzellan. Aber das«, sie öffnete einen mit einer Kordel zusammengezurrten Stoffbeutel, den sie die ganze Zeit in der linken Hand gehabt haben musste, und entnahm ihm einen kleinen Mops aus Porzellan. Er trug ein türkisfarbenes goldgefasstes Halsband und saß auf einem ebenfalls goldverbrämten rosa Kissen.

»Ist er nicht reizend?« Sie reichte Allmen die Figur.

»Reizend« war nicht gerade das Adjektiv, das Allmen gewählt hätte. Aber als er das Porzellan in der Hand wog, umdrehte und es aufgrund der Biegung der gekreuzten Schwerter auf dem unglasierten Unterteil des Sockels auf zirka siebzehnhundertfünfzig schätzte, hörte er sich sagen: »Reizend.«

»Hat er mir zum achtzehnten Geburtstag geschenkt. Gibt es viele Tiere in der Sammlung?«

»Oh, ja. Vögel, zum Beispiel, vor allem bunte Papageien. Oder Affen.« Allmen lachte. »Affen, die Musikinstrumente spielen, wie Menschen gekleidet. Sehr possierlich.«

Jasmin warf dem Cognatus einen fragenden Blick zu. Der nickte bedeutungsvoll und richtete sich an seine drei Zuhörer wie an eine Gemeinde: »Wir sind darauf gefasst, dass sich in diesem Teil des Nachlasses Dinge befinden, die nicht mit unserer Lehrmeinung vereinbar sind. Wie zum Beispiel die Vermenschlichung des Tieres. Deswegen habe ich mich an die beiden Herren gewandt und sie gebeten, die Sammlung in unserem Sinne zu bereinigen.«

Jasmins undurchschaubare Miene drückte nun zum ersten Mal so etwas wie Besorgnis aus. »Sind denn viele Stücke von dieser Maßnahme betroffen?«

Allmen sah Carlos an, und dieser antwortete mit einer unbestimmten Geste.

»Wir haben, offen gestanden«, räumte Allmen ein, »bei der ersten Durchsicht diesen Aspekt etwas vernachlässigt. Aber wir werden ihm«, beeilte er sich zu versichern, »bei der zweiten besondere Aufmerksamkeit widmen.«

Carlos nickte ihm zu. Anerkennend, denn Allmen hatte soeben den Auftrag, die Sammlung zu zensieren, indizieren und bereinigen, angenommen.

Das Sektenoberhaupt sprang auf den Zug auf: »Darf ich davon ausgehen, dass Sie bei der Gelegenheit Ihr Augenmerk auch auf die Abhandengekommenen richten werden?«

Die Frage war an Allmen gerichtet. Aber Carlos antwortete: *»Cómo no.«* Selbstverständlich.

Jasmin erhob sich in einer raschen Bewegung. Allmen und Carlos standen ebenfalls auf. Reimund blieb sitzen.

Sie gab beiden die Hand. »Ich habe mich gefreut, Sie kennenzulernen«, sagte sie. Und Allmen glaubte es.

Sie wandte sich ab. Und der winzige Luftzug, der dabei entstand, trug den Hauch eines etwas zu eleganten Parfums heran.

Allmen verbot sich, ihr nachzuschauen.

4

Allmen schwieg, und Carlos respektierte sein Schweigen.

Es herrschte ein wenig Gegenverkehr auf der Kantonsstraße von Heidstetten in die Stadt, die Pendler aus den Schlafdörfern der Agglomeration hatten Feierabend.

Er wusste genau, was mit ihm los war, er wollte es sich nur nicht zugeben.

Er versuchte, sich abzulenken, was nicht einfach war in der Gegend von Heidstetten, Obsten, Ebendorf und Wautwilen.

Die Architektur wäre ein Thema. Die fehlende. Das gelang ihm manchmal: sich zu ärgern über die Häuser, die die Leute hinstellten in diese Obstgegenden, Fachwerkdörfer, Grüner-Heinrich-Landschaften. Alles studierte Leute, Architekten.

Aber diesmal gelang es ihm nicht. Er war voller Versöhnlichkeit. Wenn sie es doch schön finden, dachte er. Oder praktisch. Oder gemütlich. Lass sie doch.

Was mit ihm los war? Jasmin hatte ihn ein wenig verzaubert. Allmen konnte sich nicht erinnern, dass ihn eine erste Begegnung je in solch einen Zustand versetzt hatte: Er schwebte.

Er sah aus dem Fenster und wartete, dass es vorbeiging.

Aber es ging nicht vorbei. Es verdrängte alles andere in ihm, bis es ihn vollständig ausfüllte. Er spürte, dass er es nicht länger in seinem Inneren behalten konnte, es wollte hinaus, und er wehrte sich nicht länger:

»Nett, diese Jasmin«, war alles, was er zustande brachte.

»Arrebatadora«, erwiderte Carlos. Hinreißend.

Allmen blickte ihn überrascht an und sah, dass sein dunkler Teint einen Ton dunkler geworden war.

Sie verlegten sich wieder aufs Schweigen, bis sie in die Straße einbogen, in der die Villa Schwarzacker lag.

Carlos bezahlte Herrn Arnold, und Allmen konnte sich des Eindrucks nicht erwehren, dass er dies ein wenig demonstrativ tat. Es war ihm nicht entgangen, dass sein Herr bereits wieder etwas knapp bei Kasse war.

Auf dem Plattenweg zum Gärtnerhaus legte Allmen einen Zwischenhalt bei der Gartenbank ein, die Carlos jedes Frühjahr in einem tiefen Dunkelgrün anstrich, was Allmen neuerdings an die Tracht der Dagmarianer erinnerte. Er setzte sich. Carlos wusste, dass Allmen einen Moment für sich alleine brauchte.

Die Sonne stand tief, die Villa warf einen langen Schatten quer über den kleinen Park, doch ein paar Sonnenstrahlen streiften die Bank und wärmten Allmens linke Seite.

Er hatte die Beine übereinandergeschlagen und die kalte Zigarettenspitze zwischen die Lippen gesteckt.

Verknallt war er natürlich nicht, sie war zwanzig Jahre jünger als er. Aber er war doch sehr – wie sollte er es nennen – berührt. Ja, berührt. Oder bewegt?

Wie immer er das Gefühl nennen wollte, es hatte ihn unvorbereitet getroffen. Nein, das stimmte nicht. Er hatte es dem Gefühl erlaubt, ihn unvorbereitet zu treffen. Er war dieser Begegnung mit weit geöffnetem Herzen wehrlos ausgesetzt gewesen. Deswegen hatte es ihn so erwischt.

Was war denn nun mit seiner Abscheu davor, die Päckchen noch einmal aus- und wieder einzupacken? Und was mit seinem Vorsatz, nicht nur die frivolsten, sondern auch die wertvollsten Exemplare der Sammlung zu entziehen? Zum Vorteil von Allmen International Inquiries?

Und was, um Himmels willen, was war mit den sechsunddreißig in keinem Inventar aufgeführten erotischen Porzellanen?

Die Sonne erreichte nur noch die Sommerwolken, die reglos am Himmel standen. Bei Allmen unten hatten sich die Schatten bereits in die Zwischenräume gelegt.

Er fröstelte, als er das Gärtnerhaus betrat.

5

Um diese Zeit war der Speisesaal des Dagmarinäums leer. Der Essensgeruch hatte sich einigermaßen verflüchtigt, die Fenster standen offen.

Krähenbühler war von einer Art Nonne hierhergeführt und an das Kopfende eines langen Holztischs mit abgewetzter grüner Linoleumplatte geführt worden. Seither saß er da und nippte an dem Steingutbecher mit Hahnenwasser, den sie ihm gebracht hatte.

Der Anruf hatte ihn überrascht. Sie hatte sich als Jasmin Defries gemeldet, und er war auf ihre Erklärung angewiesen, wer sie sei.

Jetzt kam sie aus einer Schwingtür am entferntesten Ende des Saals, wahrscheinlich der Durchgang zur Küche. Ihre Schritte waren unhörbar.

Krähenbühler erhob sich und machte ein paar Schritte auf sie zu. Etwas, was er sonst nie tat.

Die Hand, die sie ihm gab, verschwand für einen Moment in seiner Pranke.

»Freut mich, Frau Defries«, murmelte er.

»Einfach Jasmin«, bat sie. »Tut mir leid, dass ich Sie habe warten lassen. Ich sehe, man hat Ihnen etwas angeboten. Aber bitte, setzen Sie sich doch.«

Krähenbühler kannte nicht viele junge Menschen. Und gar keine, die so selbstsicher Gastgeberin spielen konnten wie dieses Mädchen im altmodischen Sommerkleid. Er selbst besaß nicht den Schliff, um darauf in der gleichen Tonalität zu reagieren. Er setzte sich also und schwieg.

»Danke, dass Sie die Zeit gefunden haben, mich hier zu besuchen.«

»Schon okay«, entgegnete Krähenbühler. Ihr Anruf hatte ihm nicht vermittelt, dass es eine Option gewesen wäre, keine Zeit dafür zu finden. Er wartete.

»Wie ich Ihnen bereits angedeutet habe, geht es um die Porzellansammlung, die mein Großvater mir hinterlassen hat. Die Stücke, die für mich von Interesse sind, werden ihren Weg zu mir finden.

Die anderen veräußert Herr von Allmen, den Sie ja kennen, in meinem Auftrag.«

Diese Information war neu für ihn.

»Verstehe«, murmelte er.

»Ich wollte Sie gerne sprechen in Ihrer Eigenschaft als der Sicherheitsbeauftragte des Lagers, in welchem die neunzehn Figuren ja weggekommen sind.«

»Das war allerdings, bevor wir unser Sicherheitssystem installiert hatten.«

»Ach, das wusste ich nicht. Mein Großvater hatte mir erzählt, dass er Besuch von einer auf Kunst spezialisierten Detektei und dem Sicherheitsmann des Lagerhauses bekommen habe. Aber ich wollte Sie nicht verantwortlich machen. Ich wollte lediglich Ihre Meinung als Sicherheitsspezialist hören. Und als langjähriger Detektiv, wie mein Großvater ebenfalls erwähnt hat.«

Krähenbühler, der beinahe in die Defensive geraten war, beruhigte sich. »Fragen Sie ungeniert.«

»Bei den fehlenden Stücken handelt es sich hauptsächlich um Figuren der Commedia dell'Arte und um Mitglieder eines sogenannten Affenorchesters. Was halten Sie davon?«

»Auftragsarbeit«, erklärte Krähenbühler fachmännisch. »Jemand hat der Täterschaft den Auftrag gegeben, genau diese Stücke zu entwenden. Das war wohl ein Sammler. Oder jemand, der im Auftrag eines Sammlers handelte.«

Jasmin nickte. »Wir haben ja Herrn von Allmens Firma unter anderem auch den Auftrag gegeben, nach diesem Diebesgut zu suchen. Glauben Sie, er hat eine Chance?«

Krähenbühler war sehr skeptisch. »Die Sachen befinden sich wohl inzwischen in einer Sammlung, die alles andere als öffentlich ist.«

Jasmin nickte wieder und schien – zum ersten Mal in diesem Gespräch – nach Worten zu suchen. Schließlich sagte sie: »Kürzlich hatte ich eine verrückte Idee: Könnte es sein, dass die fehlenden Stücke gar nicht die waren, die auf dem Inventar stehen?«

Krähenbühler verstand nicht.

»Ich meine, dass die Namen auf der Liste eine Art Decknamen für andere Sachen waren?«

»Was für andere Sachen?«

Jasmin hob ihre schmalen runden Schultern und sagte lange nichts.

Plötzlich hallten Gongschläge durch das Gebäude. Jasmin stand auf. »Entschuldigen Sie – Ekklesia. Da müssen wir alle teilnehmen.« Sie gab ihm die Hand. »Ich danke Ihnen, dass Sie gekommen sind.«

Krähenbühler hielt sie einen Augenblick länger fest als nötig und sprach den Satz aus, den er sich zurechtgelegt hatte: »Wenn ich Ihnen in dieser Sache irgendwie behilflich sein kann, zögern Sie bitte nicht …«

»Das werde ich nicht. Danke.«

Bei der Haustür sagte sie: »Noch eine letzte Frage, die ich Sie bitte nicht falsch zu verstehen: Kann ich Herrn von Allmen vertrauen?«

Krähenbühler leistete sich den Spaß, mit der Antwort ein bisschen zu zögern.

6

Remo Rusterholz reagierte ein wenig nervös auf Allmen und Carlos und wandte viel Energie dafür auf zu erklären, dass das Sicherungssystem nun allen Standards genüge – Bewegungsmelder, Magnetkontakte, Innen- und Außensirenen, Sektorenüberwachung, Alarmzentrale plus synchrone Polizeianbindung, Überwachungskameras et cetera.

Er las aufmerksam das von Jasmin Defries unterzeichnete Empfehlungsschreiben für Allmen International, in dem die Herren von Allmen und de Leon als Bevollmächtigte der Erbin und Inventarführer vorgestellt wurden, und versicherte ihnen, dass er persönlich dafür sorgen werde, dass es ihnen bei ihrer Aufgabe an keiner Form der Unterstützung mangeln werde.

Das Lager von Sterner Söhne sah noch gleich aus wie damals, nur die Tür und ihr Schloss waren anders, und sie trug einen Kleber mit dem Schriftzug von Krähenbühlers Allsecur. An den Fenstern klebte ebenfalls ein Sticker mit der Aufschrift »Vorsicht, Allsecur-gesichert!«. Und an zwei Stellen unter der Decke waren kleine weiße Kästchen befestigt, die für Allmen wie Lämpchen aussahen. »Bewegungsmelder«, erklärte Carlos.

Die Unterstützung, die ihnen der geschäftsführende Direktor hatte zuteilwerden lassen, bestand aus zwei Campingstühlen, ein paar lauwarmen Cola Zero und einigen in Klarsichtfolie verpackten Schinkensandwiches.

Das vorsichtige Auspacken, Inspizieren und wieder Einpacken nahm im Schnitt für jede Porzellanskulptur vier Minuten in Anspruch. Machte in etwa neunzehn Stunden. Zwei volle Arbeitstage.

Die Zensur der Porzellane war einfach. Küsse auf den Mund, Küsse auf Oberarm, Berührungen des Dekolletés, Damen mit zwei Verehrern, teilweise Textilfreiheit, Putten, verkleidete Instrumente spielende oder sonst vermenschlichte Tiere, allgemein anzügliche Gesten und Körperhaltungen erhielten den Vermerk »F« für »Frivol« und kamen in die entsprechende Schachtel.

Allmen, der seit dem Vortag in Gedanken sehr

viel Zeit mit Jasmin zugebracht hatte, glaubte, ein Gefühl dafür entwickelt zu haben, was sie in ihrem Anstandsgefühl verletzen könnte, und ging manchmal wohl etwas weit mit der Zensur.

Carlos lag in den meisten dieser Fälle ebenfalls auf Allmens Linie. Aus anderen Gründen zwar – er wollte möglichst viele Exemplare in den Verkauf bringen –, aber im Endeffekt lief es auf dasselbe hinaus.

Eine kleine Diskussion führten sie über die Figuren der Commedia dell'Arte. Allmen neigte dazu, sie als Frivolitäten zu zensieren, da es sich um Schauspieler handle. Hatte es nicht Zeiten gegeben, in denen Schauspieler nicht auf den Friedhöfen beerdigt wurden, weil sie keine Seele hätten? Carlos war erst einverstanden, als Allmen die Sammlung aller Figuren der Commedia dell'Arte als etwas Seltenes und Wertvolles bezeichnete.

Am Abend des zweiten Arbeitstages hatten sie zweihunderteinunddreißig Porzellane zu Jasmins Nachlass geschlagen.

Gut vierzig landeten in den Kartons mit den Frivolitäten, die Carlos auf fünf Seiten mit einem großen »F« beschriftete. Die Transporteure würden sie nicht ins Dagmarinäum, sondern direkt zur Villa Schwarzacker ins Gärtnerhaus liefern.

Neun ausgesuchte Stücke beider Kategorien erhielten auf der Inventarliste zwar ebenfalls den Vermerk »F«, kamen aber nicht in einen der Kartons mit »F«.

Sondern, sorgfältig mit Schaumstoff gepolstert, in Allmens kleinen naturgegerbten Rindslederkoffer, den er gleich mitnahm.

7

Es kam ihm vor wie eine religiöse Zeremonie. Die Fenster, Erker und Dachluken im Saal des Cognatus Reimund waren mit Vorhängen und Jalousien abgedunkelt. Es brannten ein paar Lampen und Kerzen, und von hoch oben im Giebel leuchteten Spots auf den mächtigen Schreibtisch des Sektenführers.

Ein eigenartiger Geruch hing im Raum, vielleicht waren vor kurzem Essenzen verbrannt worden.

Von irgendwoher erklangen seltsame Gesänge.

Ein kleiner Lieferwagen mit der Aufschrift der Loginew hatte im Gefolge von Herrn Arnolds Cadillac die Kartons und leeren Vitrinen gebracht, und der Fahrer und sein Beifahrer, beide in Loginew-Overalls, hatten das Transportgut hinaufgebracht.

Nun war es Allmens und Carlos' Aufgabe, das Porzellan auszupacken und auf dem Tisch auszustellen. Der Cognatus hatte sich bisher noch nicht sehen lassen.

Allmen spürte eine seltsame Aufgeregtheit. Er hatte lange gebraucht, um herauszufinden, woher er dieses Gefühl kannte: Ethel!

Sie ging in die Mädchenschule Prior's Field, ganz in der Nähe seiner Charterhouse School. Er hatte sie beim Godalming Music Festival entdeckt, einem obligatorischen Anlass der Schule. Sie hatte im Chor von Prior's Field gesungen, und er konnte die Augen nicht von ihr lassen, ihren neugierigen blauen Augen und ihrem wippenden blonden Pagenschnitt.

Über die Schwester eines Klassenkameraden fand er ihren Namen heraus – Ethel – und erfuhr, dass sie sich sonntagnachmittags jeweils um fünfzehn Uhr im Greenery Café mit Freundinnen traf.

Am nächsten Sonntagnachmittag, schon um vierzehn Uhr dreißig, stand er vor dem Café und passte sie ab. In der gleichen Aufgeregtheit wie jetzt.

Kaum hatten sie alle Figuren aufgestellt und die Papierknäuel in den Kartons verstaut, ging die Tür auf. Aber es war nicht Jasmin, es war Cognatus Reimund, der eintrat. Er trug eine Art Talar und ein Birett mit drei Hörnern und einer Quaste, alles aus neongrünem Satin.

Er begrüßte Allmen und Carlos mit einem stummen Nicken seines großen Kopfes. Dann trat er an den Tisch und inspizierte die Porzellane wie ein kleiner Feldherr sein Heer Zinnsoldaten.

Allmen und Carlos standen in respektvoller Distanz daneben.

Drei Figurinen fanden keine Gnade: Eine Tänzerin in ländlicher Tracht, deren Rock sich wohl etwas zu hoch lüftete. Ein höfisches Paar auf einer blumenübersäten Bank. Er hatte den Arm um ihre Schultern gelegt und sie den Kopf vielleicht zu lasziv in den Nacken geworfen. Eine Nymphe, deren Badetuch sie von vorne zwar züchtig bedeckte, aber den Rücken bis zur Hüfte frei ließ.

Der Cognatus fischte die Beanstandeten mit spitzen Fingern aus den Rängen und reichte sie wortlos Allmen. Dieser übergab sie Carlos, welcher sie sorgfältig in Seidenpapier verpackte und das entsprechende Häkchen auf der Inventarliste in einen Kreis umänderte.

Reimund tastete unter der Tischplatte nach etwas, schien es gefunden zu haben und verschränkte die Arme unter dem Talar. Sie warteten. Allmens Aufgeregtheit wuchs.

Es kam ihm eine Ewigkeit vor, bis es klingelte und der Cognatus den Türöffner betätigte.

Cognata Irmela kam herein, gefolgt von Jasmin.

Sie trug ein weißes Leinenkleid, dessen weiter

Rock bis zur Mitte der Waden reichte. Der Ausschnitt war gerade und reichte bis zum Halsansatz. Die Ärmel fielen lose bis über die Ellbogen. Die Haarfülle war im Nacken locker zusammengebunden.

Sie begrüßte die Besucher mit einem Lächeln und ging sofort auf den Tisch zu, wie ein Kind auf die Weihnachtsbescherung. Sie legte die Hände auf dem Rücken ineinander, als befürchte sie, dass sie sich selbständig machen könnten, und staunte.

Endlich erlaubte sie sich, eine der Figuren zu berühren. Ihre weiße Hand löste sich von der anderen, schwebte einen Moment und stach dann zielsicher hinunter auf – ein Hündchen. Einen Mops in der gleichen Farbe wie der, den sie damals von ihrem Großvater bekommen hatte. Auch mit türkisfarbenem goldgefassten Halsband, ebenfalls auf goldverbrämtem rosa Kissen, aber stehend.

»Süß, der Zwilling.«

Sie betrachtete ihn von allen Seiten, stellte ihn zurück auf seinen Platz und fuhr fort mit der Inspektion des Schatzes.

Cognatus Reimund ging auf Allmen zu und reichte ihm die Hand. So huldvoll, dass Allmen sie beinahe geküsst hätte.

»Ich danke Ihnen für die prompte Erledigung des Auftrags. Bitte halten Sie uns über die weitere

Entwicklung auf dem Laufenden, und lassen Sie uns Ihre Honorarnote zukommen.«

»Ich werde das Accounting informieren«, antwortete Allmen und kam sich zum ersten Mal etwas lächerlich vor bei diesem Satz.

Jasmin kauerte jetzt vor dem Tisch, so, dass die Porzellane auf Augenhöhe waren. Als sie bemerkte, dass Allmen und Carlos im Begriff waren zu gehen, stand sie auf und verabschiedete sich.

»Ich hoffe, Sie bald wiederzusehen«, sagte sie zum Abschied.

»Das hoffe ich auch«, antwortete Allmen.

Während der Rückfahrt hatte er den Kopf ins weinrote Lederpolster zurückgelegt und starrte ins Leere.

Einmal hatte er das Gefühl, dass Carlos ihn aus den Augenwinkeln beobachtete. Er sah zu ihm hinüber.

Es stimmte.

8

Das Apartmenthaus Twenty war ein schäbiger Bau aus den achtziger Jahren am Rande der Innenstadt. Eine Glastür neben einer Aluminiumplatte mit dreißig Klingeln führte direkt in ein Treppenhaus und zu einem Aufzug, in dem nur drei Personen Platz fanden. Es roch nach Zigaretten und Küchenmief.

Carl Boeni hatte Apartment siebenundzwanzig in der dritten Etage. Der Korridor vor dem Lift war von drei Wohnungstüren eingefasst. Sie klingelten. Der Spion über dem gelben Aluminiumschild mit der kursiven Siebenundzwanzig verdunkelte sich kurz, dann wurde die Tür geöffnet.

Boeni begrüßte sie mit gegen die brennende Zigarette zugekniffenen Augen und ließ sie herein.

Das Apartment bestand aus einem Wohnschlafzimmer mit einer Kochnische und einem Badezimmer mit Dusche und WC. In der weißen Wohnwand war ein Element von einem auf zwei Meter Größe an beiden Längs- und einer Querkante schadhaft und abgenutzt. Daran erkannte man, dass sich dahinter das Klappbett verbarg. Ein runder Esstisch mit vier Stühlen diente Boeni als Schreibtisch.

Allmen und Carlos hatten beide den gleichen billigen Handkoffer dabei. Sie stellten die Koffer auf den Tisch und klappten sie auf.

Jeder enthielt, sorgfältig in Schaumstoff eingelassen, sieben Porzellanfiguren. Warum es nicht mehr waren, hatte zwei Gründe. Einen, den er Carlos verraten hatte: Es würde die Preise drücken, wenn plötzlich das ganze Angebot an Porzellanen dieser Qualität auf dem Markt auftauchte. Und einen, den er für sich behielt: Wenn er den Verkauf in kleinere Portionen aufteilte, würde er öfter Gelegenheit haben, Jasmin zu treffen.

Ohne zu fragen, nahm Boeni eine der Figuren heraus und begutachtete sie. Es war die Tänzerin, die zu viel Bein zeigte.

»Kändler, um siebzehnhundertneunundvierzig«, kommentierte Allmen.

Boeni legte sie zurück in ihr Schaumstofffach. »Schade. Keine pikanten Details.«

»Dafür ist es ein sehr ausgesuchtes seltenes Stück in hervorragendem Zustand. Das gleiche Modell, aber mit kleinen Erhaltungsmängeln, erhielt dieses Frühjahr bei Werne den Zuschlag für achtundfünfzigtausend.«

Boeni suchte ein weiteres Stück aus einem der Koffer aus. Eine Dame, die sich zu einem Hündchen neigt. Ihr Kleid sehr tief ausgeschnitten.

»Das ging bei Berger für zwoundvierzig. Und das mit einem restaurierten Chip am unteren Gewandsaum, wohlverstanden. Im Gegensatz zu diesem tadellosen Exemplar.«

Boeni hatte wieder die Uhrmacherlupe aufgesetzt und untersuchte das Stück minutiös.

»Was können Sie mir über die Herkunft sagen?

Wahrscheinlich nichts«, murmelte er, ohne aufzublicken.

»Doch«, antwortete Allmen, »alles: Es stammt aus dem Nachlass von Sterner Söhne und wird von der Alleinerbin, Jasmin Defries, angeboten.« Er griff in die Brusttasche, zog ein Kuvert heraus, öffnete es und überreichte Boeni den gefalteten Briefbogen. Er enthielt die in Jasmins Schrift signierte Bevollmächtigung.

Boeni las den Brief und führte die Unterschrift in den Fokus der Uhrmacherlupe. Dann blickte er erstaunt auf. »Weshalb verkaufen Sie die Sachen dann nicht direkt über die Auktionshäuser?«

»Aus Liquiditätsgründen. Die nächsten Auktionen, die dafür in Frage kämen – das wissen Sie auch – finden erst im Spätherbst statt.«

»Verstehe«, brummte Boeni und fuhr mit der Inspektion fort.

Es dauerte eine halbe Stunde, bis er sie bei allen Stücken beendet hatte. Die Preisverhandlung leitete er mit den Worten ein: »Wie Sie wissen, bezahlen meine Kunden keine Marktpreise.«

Und er beendete sie mit: »Je dringender man das Geld braucht, desto weniger bekommt man.«

9

Carlos hatte sich nach harten Verhandlungen mit Boeni auf hundertneunzigtausend Franken geeinigt. Für vierzehn ausgesuchte Meißner Porzellanfigurinen, alle nach Modellen der größten Modelleure der Manufaktur: Böttger, Höroldt und Kändler! Carlos fand es *regalado,* verschenkt. Aber Allmen war zufrieden mit dem Erlös. Er wäre auch mit weniger zufrieden gewesen. Oder auch mit mehr. Über Preise diskutiert man nicht. Dinge kosten, was sie kosten.

Das Schönste an diesem Betrag war, dass er ihn Jasmin persönlich überreichen durfte. Abzüglich der zwanzig Prozent Kommission, auf die Carlos ihn verpflichtet hatte. Plus Spesen. Sechshundertfünfzig Franken Fahrspesen für Herrn Arnold plus zweiundzwanzig Stunden pro Mann, also vierundvierzig für beide zu hundert Franken. Also viertausendvierhundert Franken. Total dreiundvierzigtausend und fünfzig Franken. Das hieß – María hatte ihm die Abrechnung in zwei Kopien auf Geschäftspapier mitgegeben –, er würde Jasmin hundertsechsundvierzigtausendneunhundertfünfzig Franken übergeben.

Es wäre ihm lieber gewesen, Carlos hätte diesen Teil des Mandats übernommen, aber er wollte ihn bei seiner dritten Begegnung mit Jasmin nicht unbedingt dabeihaben. Er hatte ihm das zwar nicht gesagt, aber aus seiner Reaktion zu schließen war das auch nicht nötig gewesen.

Dem Hoch über dem Land war die Luft ausgegangen, und die Regenfront aus England konnte ungehindert seinen Platz übernehmen. Die improvisierten Scheibenwischergummis versahen wieder mehr schlecht als recht ihren Dienst. Weder Allmen noch Arnold ließen sich zu einer Bemerkung darüber herab.

Kurz vor Heidstetten war die rechte Fahrbahn gesperrt. Ein missmutiger Polizist regelte den Verkehr. Er stand im pulsierenden Blaulicht einer Tafel mit der Aufschrift »Unfall«, das die reflektierenden Streifen seines orangefarbenen Regenschutzes im gleichen Takt aufleuchten ließ.

Als er endlich die linke Spur freigab, fuhren sie im Schritttempo an einem umgekippten Traktor und seinem Anhänger vorbei.

Herr Arnold reduzierte die Geschwindigkeit noch mehr und kümmerte sich nicht um den zweiten Polizisten, der ihn zur Eile antrieb.

Allmen wurde von Cognatus Reimund in dessen Allerheiligstem erwartet. Der Raum war wieder lichtdurchflutet wie bei seinem ersten Besuch. Sie setzten sich an einen runden Tisch in einem der Erker, und Allmen suchte nach einem Konversationsthema und fand den umgekippten Traktor.

Der Cognatus hörte ohne Interesse zu und unterbrach ihn schließlich. »Ich nehme an, Sie haben die Abrechnung dabei.«

Allmen nahm das schweinslederne Mäppchen, das er neben dem Stuhl stehen hatte, und legte es auf die Knie. »Ich nahm an, wir warten auf Frau Defries.« Es fiel ihm schwer, sie »Frau« zu nennen.

»Sie wird nicht dazustoßen«, sagte Cognatus Reimund obenhin.

»Ach«, erwiderte Allmen, »das überrascht mich. Wo sie doch die Besitzerin ist.«

Der kleine Mann neben ihm im Stuhl versteifte sich. »Ich genieße Jasmins vollstes Vertrauen.«

»Selbstverständlich«, sagte Allmen enttäuscht und öffnete das Mäppchen.

Er nahm das Dokument heraus, das María so sorgfältig für ihn vorbereitet hatte, und überreichte dem Cognatus die erste Seite mit der Aufstellung und Beschreibung der veräußerten Stücke. »Links sehen Sie die Bezeichnung und Beschreibung, sie stammen von Jakob Sterner. In der rechten Spalte dann die jeweils erzielten Preise. Und unten das Total. Hundertneunzigtausend Franken.«

»Und davon«, ergänzte Cognatus Reimund, »gehen dann Ihre zehn Prozent ab.«

Allmen zögerte nur einen Sekundenbruchteil. »Richtig.«

10

Das Doppelhaus an der Pfeisserstraße hatte in der Nacht eindrücklicher ausgesehen. Jetzt, bei Tageslicht, wirkte es ein wenig provinziell. Vielleicht lag es daran, dass sich die Hausbesitzer nicht auf einen einheitlichen Hausanstrich hatten einigen können, und bestimmt auch daran, dass es von zwei imposanten Villen aus der Jahrhundertwende flankiert war.

Der Vorgarten war etwas verwildert und bildete einen scharfen Gegensatz zu dem des angebauten Nachbarn. Jener besaß einen Plattenweg, in dessen Spalten nichts wuchs, einen kurzgetrimmten Rasen und eine akkurat geschnittene Buchshecke.

Unter dem Klingelknopf am Gartentor stand C. B., was nach Krähenbühlers Nachforschungen Carl Boeni heißen musste. Er drückte darauf. Von weitem hörte er die Klingel, aber nichts regte sich.

Er probierte die Türklinke, und zu seiner Überraschung ließ sich das Tor mit einem leisen Quietschen öffnen.

Auf halbem Weg zur Haustür ging diese auf, und ein schlaksiger Mann um die sechzig trat heraus. Ein paar Strähnen seiner langen grauen Haare waren nikotingelb verfärbt, und eine Zigarette hing in seinem Mundwinkel. Sein Ausdruck, der eben noch gleichgültig gewesen war, wurde abweisend. »Was wollen Sie?«, fragte er, als Krähenbühler ihn erreicht hatte.

»Sind Sie Carl Boeni?«

»Wer sind Sie?«

»Ein Sammler.«

»Wovon?«

»Porzellan.«

»Und was wollen Sie von mir?«

»Porzellan.«

11

Carlos war viel zu höflich, um seinen *patrón* für sein Versagen als Finanzunterhändler zu kritisieren. Er nahm die Halbierung der Kommission klaglos zur Kenntnis, und auch die Tatsache, dass Allmen es für unter seiner Würde gehalten hatte, dem Mandanten die Spesen- und Honorarabrechnung zu präsentieren, nahm er kommentarlos entgegen.

Ganz anders María. Sie erwähnte zwar nichts gegenüber Allmen, wies ihn aber abwechselnd mit strafenden Blicken oder kalter Schulter zurecht.

Und wenn sich das Paar in seine Räume unter dem Dach zurückzog, hörte er durch die dünnen Wände und Böden die laute Stimme von María. Und immer wieder seinen Namen, Don John.

Was ihn aber viel mehr beschäftigte als diese kleine Unstimmigkeit über etwas so Profanes wie Geld, war die Situation mit Jasmin. Er hatte seit seinem Besuch im Dagmarinäum nichts mehr von ihr gehört. Dabei hatte sie zum Abschied gesagt: »Ich hoffe, Sie bald wiederzusehen.«

Es hatte nicht nach einer Höflichkeitsfloskel geklungen. Jasmin gebrauchte keine Floskeln. Was sie sagte, meinte sie.

Zweimal hatte er versucht, sie anzurufen. Beide Male war er bei Cognata Irmela gelandet, die ihn ohne Umschweife mit Cognatus Reimund verband, der ihm erklärte, dass Jasmin außer Haus sei. Aber falls es sich um den Auftrag handle, könne er sich an ihn wenden. Wie er wisse.

Beim ersten Mal war Allmen überrumpelt und fand nur einen fadenscheinigen Vorwand. Beim zweiten Mal war er darauf vorbereitet und gab als Grund für seinen Anruf vor, dass er die Erlaubnis von Jasmin brauche, einige ausgewählte Stücke an eine Hamburger Auktion im Dezember zu geben.

»Ich gebe Ihnen die Erlaubnis«, sagte der Cognatus.

»Ich befürchte, ich brauche etwas Schriftliches von der Besitzerin«, antwortete Allmen.

Er hatte tatsächlich María gebeten, die Anmeldeunterlagen des Auktionshauses kommen zu lassen, und es brauchte wirklich die Unterschrift der gesetzlichen Inhaberin.

»Wann, sagten Sie, ist die Auktion?«

»Im Dezember.«

»Dann haben wir ja noch Zeit. Schicken Sie mir doch einfach die Unterlagen. Jasmin wird sie unterschrieben an Sie zurückschicken.«

Noch am selben Tag stellte sich die Schwermut ein. Sie schenkte ihm bereits am frühen Nachmittag einen ersten Single Malt ein, einen zehn Jahre alten Talisker, dem sie wenig später einen zweiten folgen ließ.

Sie schloss ihn früh in die Bibliothek ein mit Octave Uzannes *Die Pariserin. Studien zur Geschichte der Frau, der Gesellschaft, der französischen Galanterie und der zeitgenössischen Sitten.*

Sie schickte ihn beizeiten ins Bett und hielt ihn dort bis in die ersten Mittagsstunden des nächsten Tages fest.

Das Wetter tat ein Übriges. Das Thermometer fiel auf knapp zwölf Grad, und im Glashaus wurde es so kühl, dass Carlos sich genötigt sah, den Schwedenofen anzuheizen.

Allmen saß unrasiert in seinem Hausmantel davor und las gerade in Octave Uzannes *Die Pariserin* die Beschreibung der nackten Schönheit der Frau des achtzehnten Jahrhunderts: »Die belebte, ausdrucksvolle, herausfordernde Nacktheit, die blonde und rosige, zarte und fröstelnde, weiche Nacktheit, eine halberblühte Nacktheit, über die wie drohend eine Gänsehaut hinläuft, eine spitzbübische Nacktheit.« Die Zeilen verschwammen ihm vor den Augen, er konnte sich nicht wirklich auf diese Studie über die Galanterie einlassen.

Als der dunkle Tag noch dunkler wurde, raffte er sich auf und ging ins Bad. Im Spiegel sah er einen deprimierten unrasierten Mann, in dessen Zweitagebart sich erste graue Stoppeln eingenistet hatten.

Allmen fasste einen Entschluss. Er wählte aus seinen drei silbernen Rasierschalen die mit der Sandelholzseife, schlug mit dem Dachspinsel einen weichen, dicken Schaum, seifte sich ein, spannte den Streichriemen und zog sein Rasiermesser ab. Dann rasierte er sich mit geübter Hand.

Das Rasieren mit dem Messer hatte er in der Charterhouse School gelernt. Wer es nicht mit dem ersten Bartflaum beginnt, hieß es dort, wird es nie lernen.

Seither hatte er zum Rasieren nie etwas anderes benutzt als ein gepflegtes, gutgeschärftes Rasiermesser. Es war seine tägliche Meditationsübung. Er durfte an nichts anderes denken als daran, sich zu rasieren. Es zwang ihn zu absoluter Konzentration. Und wenn er dann die Glätte seiner Haut prüfte, seine Aftershave-Lotion eintätschelte und wieder zu sich und der Welt zurückkehrte, fühlte er sich bereit für einen neuen Tag.

Aber diesmal versagte die Methode. Er fühlte sich nach der Rasur weder besser noch unternehmungslustiger. Er war genauso niedergeschlagen wie zuvor. Und der Schnitt unter dem Wangenknochen, den er lange mit dem Alaunstift behandeln musste, trug auch nicht zur Hebung seiner Stimmung bei.

Er schlüpfte in einen seiner Hausmäntel und ging zu seinem Schreibsekretär, der in der Bibliothek stand. Dort suchte er in der Kartei mit den Visitenkarten, die Carlos für ihn à jour hielt, unter dem Buchstaben »F« wie Feodora, fand aber nichts.

Er ging zurück ins Schlafzimmer, öffnete den Kleiderschrank – ein zweiter mit den Herbst- und Winteranzügen und solchen, die er selten trug, stand in der Waschküche – und suchte den anthrazitgrauen Dreiteiler aus Super 170's australischer Merinowolle von 12 Micron. Er erinnerte sich, dass er ihn an jenem Abend getragen hatte, an dem Carlos ihn mit dreitausend Franken zum

Ausgehen gedrängt hatte, zur Aufhellung seiner Stimmung.

Und tatsächlich, in der rechten Leistentasche der Weste hatte Carlos das Kärtchen übersehen. Es war sehr diskret und elegant. Nur der Name, Feodora, in schwarzer Stahlstichprägung und darunter, ungeprägt, eine Telefonnummer.

Er wählte sie.

12

Von seinem Anteil von neuntausendsiebenhundertfünfzig Franken waren ihm knapp viertausend geblieben, genug für einen tröstlichen Abend.

Sie hatten sich in der Bar des Schlosshotels verabredet, ein zugegebenermaßen etwas skurriler Einfall. Aber das Haus war günstig gelegen, und die Hotelkette, die die Nachfolge von Dalia Gutbauer angetreten hatte, hatte es geschmackvoll renoviert, ihm die Muffigkeit ausgetrieben und es auf fünf Sterne upgegradet.

Allmen hatte eine Suite in der Beletage genommen und sich dann in die Bar gesetzt.

Das einzige Überbleibsel aus dem früheren Inventar war Bert, der Barmann. Das Alter hatte ihm nicht viel anhaben können, er hatte schon damals alt ausgesehen. Und das Gedächtnis hatte nicht gelitten, er begrüßte Allmen mit Namen, als sei er gerade gestern da gewesen.

Die Bar war noch nicht gut besucht, ein paar Herren in schlechtsitzenden Businessanzügen waren schon da und ein paar Damen mit den Tragetaschen der nahen Boutiquen noch.

Eine Gruppe chinesischer Touristen erholte sich von den Strapazen ihrer Stadtrundfahrt, eine junge Frau tippte in ihren Laptop, und zwei Mütter hatten Champagner-Flûtes vor sich stehen und unterhielten sich leise, um ihre Kinder nicht zu wecken, die in ihren Buggys dösten.

Allmen setzte sich an einen Tisch beim Fenster, bestellte ein Wasser – mit dem Drink wartete er auf seinen Gast – und sah auf den See hinaus.

Feodoras Auftritt hätte mehr Publikum verdient. Sie ging in halsbrecherischen Stilettos über den Spannteppich wie über den Catwalk, sah sich um, entdeckte Allmen, der schon auf dem Weg zu ihr war, und schenkte ihm das Lächeln eines Stars. Sie begrüßte ihn mit drei Wangenküssen und ließ sich aus ihrem Regencape helfen.

Darunter trug sie einen kurzen engen Jupe und einen Blazer, zwischen dessen Revers ein Ausschnitt zu sehen war, so tief, als trüge sie nichts darunter.

Die Geschäftsherren unterbrachen ihr Gespräch

und blickten herüber. Die übrigen Gäste ließen sich nicht stören.

Allmen hängte das Cape an die Garderobe und begleitete sie zu seinem Tisch. Bert brachte die Flasche Champagner, die Allmen vorbestellt hatte, und schenkte ein.

»*Za tebja*«, sagte er beim Anstoßen. Auf dich.

»*Za tebja*«, wiederholte sie.

Feodora war Russin, und Allmen sprach genug Russisch, um sich mit ihr ein wenig in ihrer Muttersprache unterhalten zu können.

Während sie von St. Petersburg erzählte, studierte Allmen sie. Was war es gewesen, das ihn an jenem Abend so fasziniert hatte an ihr? Ihre Mimik? Ihre Figur? Ihre Gesichtszüge?

Die Erinnerung an die Porzellanfiguren – dieser Effekt war verschwunden. Und auch das Geheimnisvolle, das sie an jenem Abend ausstrahlte, konnte er jetzt nicht mehr finden.

Lag es an ihrer Kleidung bei der ersten Begegnung? Der weite geblümte Rock, das enge Mieder, der Schal, so lose über den nackten Schultern, die hochgesteckten Haare, der Teint, dessen Blässe noch durch den Schönheitsfleck auf der Wange hervorgehoben wurde – das alles gab ihr vielleicht das Rokokohafte, das ihn an die Porzellanfiguren erinnert hatte.

Aber jetzt, im engen Mini, mit den Bleistiftabsätzen und dem Jackett und dem Pferdeschwanz sah sie etwas … etwas gewöhnlicher aus.

Es war plötzlich still geworden, und Feodora sah ihn erwartungsvoll an. Sie musste ihm eine Frage gestellt haben.

Es blieb ihm nichts übrig, als die Wahrheit zu sagen. »Verzeih, ich war abgelenkt.«

»Durch was?«

»Durch dich.«

Sie streckte die Hand aus und verstrubbelte ihm lachend die Haare. Allmen hatte das schon als kleiner Junge gehasst.

»Wollen wir essen?«

»Du lädst mich auch zum Essen ein? Du hast einfach Stil!«

Das Restaurant des Schlosshotels hieß jetzt »Le Château« und war auf dem besten Weg zum Gourmet-Tempel. Allmen war zwar die frühere Version – *ancienne cuisine* in großen Portionen – lieber gewesen. Diese Art von Küche, bei der man nicht mehr erkennen konnte, was man auf dem Teller hatte, und sich fragte, seit wann und wie lange die Köche damit herumgespielt hatten, bis es so auf dem Teller arrangiert war, schmeckte ihm nicht besonders. Aber der Weinkeller des Hauses war beeindruckend, und der Sommelier kannte sich aus.

So verflog das Gefühl der Entfremdung, das ihn beim Aperitiv beschlichen hatte, wieder, und er begann, langsam zu erahnen, was er beim ersten Mal in Feodora gesehen hatte. Sie war keine Prostituierte. Für ihn, der gedanklich gerade in einer anderen Epoche lebte, war Feodora eine Kurtisane. Graziös, geistreich, humorvoll.

»Weißt du, dass die Königin Marie-Antoinette einen so perfekten Busen hatte, dass sie davon einen Abguss aus Sèvres-Porzellan machen ließ und diesen als Früchteschale verwendete?«

»Nein, das wusste ich nicht.«

»Das könntest du auch machen.«

Als sie schon früh den Aufzug in die Beletage nahmen, fühlte er sich ihr schon wieder ganz nahe.

Er war gerade damit fertig, ihr beim Ausziehen behilflich zu sein, als sein Telefon klingelte. Eine unbekannte Nummer leuchtete auf dem Display.

Er nahm das Gespräch entgegen und nannte seinen Namen.

Allmen stutzte einen Moment. Dann sagte er: »Ach, Sie!«

Und dann: »Nein, nein, überhaupt nicht!«

Dann: »Nein, nein, nichts Besonderes.«

Dann: »Spät? Ach was, ich bin ein Nachtmensch.«

Dann: »Doch, doch. Sehr gerne.«

Dann: »Sagen Sie, wann. Ich bin flexibel.«

Dann: »Ja, kenne ich. Übermorgen. Siebzehn Uhr, gut.«

Dann: »Ich mich auch. Sehr sogar. Ja. Gleichfalls.«

Allmen wartete, bis die Verbindung getrennt wurde. Dann steckte er das Smartphone zurück in die eigens dafür angefertigte Brusttasche und blieb lächelnd auf der Bettkante sitzen.

Feodora fragte: »Gute Nachrichten?«

»Wunderbare.«

Sie streckte die Hand aus. »Komm.«

Allmen nahm die Hand geistesabwesend und küsste sie. Dann suchte er nach Worten und fand keine.

Feodora lächelte und sagte: »Geh schon!«

Allmen küsste sie auf die Stirn, stand auf, nahm die zweitausend Franken aus der Brusttasche, legte noch ein paar Hunderter aus der Hosentasche dazu, hob das Nachttischlämpchen etwas in die Höhe, klemmte das Geld darunter und legte die Zimmerkarte daneben.

Er ging zur Tür und warf ihr eine Kusshand zu. »*Doswidanija*«, auf Wiedersehen.

13

Im Café Bopp!

Allmen war gerührt über Jasmins Wahl des Treffpunkts. Das Café Bopp war eine Zeitreise in die fünfziger Jahre: mit rotem Lederimitat bezogene Stühle, Nierentische mit gelben Dekos in den schwarzen Glasabdeckungen; dreieckige bunte Teller, Teegläser in bastbezogenen Haltern; Aquarien mit gesunkenen Segelschiffen; Raumtrenner mit Kunstblumen.

Das Bopp lag am Eingang der Altstadt, noch im rechtschaffenen Teil, bevor es laut und liederlich wurde. Allmen kannte es von seinen Flaniertagen, wenn er ziellos durch die Stadt schlenderte. Die Gäste waren, je nach Tageszeit, ältere Damen aus der Nachbarschaft beim Kaffeekränzchen, Studenten der nahen Handelsschule, Verkaufspersonal aus den umliegenden Läden. Alles brave Leute, wie Jasmin Defries.

Sie würden natürlich nicht den ganzen Abend im Café Bopp verbringen. Allmen hatte vor, sie auszuführen. Er würde sie nicht überfahren mit seiner Wahl des Restaurants, er würde ihr die Entscheidung überlassen. Gutbürgerlich im Promenade, gepflegt japanisch im Kioto, experimentell im La Reine oder *nuovo italiano* im Due Ragazze. Und damit sie absolut frei wählen konnte, hatte er in allen vier den besten Tisch reservieren lassen.

Für danach hatte er seine Lieblingsnische in der Goldenbar reserviert für einen Nightcap, der, wie er sie einschätzte, alkoholfrei sein würde. Herr Arnold war in Bereitschaft, für den Fall, dass sie ins Dagmarinäum zurückwollte. Und falls sie es vorzog zu bleiben, hatte er für sie im Schlosshotel die Hundertvier reserviert.

Mitten in der Planung des Ereignisses sprang ihn eine Frage an, die er sonst virtuos verdrängte: die finanzielle.

Man kannte ihn zwar an allen erwähnten Orten, und er könnte überall problemlos anschreiben lassen. Aber in Gesellschaft von Jasmin kam ihm das irgendwie – unseriös vor.

Er musste lachen. Er konnte sich nicht erinnern, dass in seinem Leben jemals die Seriosität ein Kriterium bei einer Entscheidung gewesen war. Aber bei Jasmin war es etwas anderes. Er fühlte sich bereits jetzt für sie verantwortlich. Er wollte bei ihr nicht den Eindruck erwecken, jemand zu sein, der auf Kredit lebte.

Das hieß, es musste Geld her.

Die naheliegendste Art, sich welches zu beschaffen, wäre der Verkauf einer oder mehrerer erotischer Porzellane. Nur: Seit er deren Besitzerin kennengelernt hatte, noch mehr: Seit er sich für sie verantwortlich fühlte, hatte er viel von der Unbefangenheit im Umgang mit diesen Objekten und der Verfügungsgewalt darüber eingebüßt.

Andererseits: Er wusste aus berufenem Mund, dass Jasmin der Anblick – und erst recht der Besitz! – dieser Anstößigkeiten nicht zuzumuten wäre. War es da nicht geradezu verantwortungsvolles Handeln, diese loszuwerden?

Er rief nach María und bekam keine Antwort. Nach Carlos konnte er nicht rufen, der versah um diese Zeit seinen Teilzeitjob nebenan, bei K, C, L & D Treuhand.

Allmen verstand nicht, dass Carlos an diesem Job als Gärtner und Hauswart festhielt. Er müsste, im Gegensatz zu ihm, mit den erfolgreicheren Aufträgen von Allmen International Inquiries einen ganz schönen Batzen angehäuft haben und brauchte die Sicherheit eines Nebenjobs nicht. Ganz abgesehen davon, dass – ehrlich gesagt – die Qualität seiner Dienstleistung als Diener darunter litt. Aber Carlos' Beziehung zum Materiellen war nun einmal etwas kleingeistig. Was ja auch, Allmen musste es zugeben, seine Vorteile besaß.

Er verließ das Häuschen und machte sich auf die Suche nach Carlos. Er fand ihn bei der Staudenhecke. Er war dabei, einen Hartriegel auszugraben, der eingegangen war. Daneben stand schon ein kleiner neuer.

»Carlos, *por favor,* ich will ein Porzellan verkaufen. Eines von den schmutzigen. Oder zwei.«

»Besser nur eines«, riet Carlos. »Zwei drücken den Preis.«

Allmen überlegte. Boenis Stückpreis war zwanzigtausend gewesen. Mit der Hälfte davon konnte er keine großen Sprünge machen.

Als hätte er Allmens Gedanken erraten, sagte Carlos: »Wenn wir nur ein Stück anbieten, können wir dreißigtausend bekommen.«

»Kommt darauf an, welches.«

»Welches möchten Sie denn verkaufen?«

»Ich müsste eines heraussuchen. Wo sind sie denn?«

Carlos zog die Gartenhandschuhe aus und legte sie auf den Rand der Schubkarre, die mit einem Sack Pflanzenerde zwischen den beiden stand. »Dahin können Sie nicht mitkommen.«

»Warum nicht?«

»Man darf Sie nicht sehen.«

»Aber Sie schon?«

Carlos nickte. »Ich arbeite dort.«

Allmen sah zur Villa hinüber. *»Entiendo.«* Verstehe.

14

Auf der Rückseite der Villa Schwarzacker, bei den Teppichstangen und Wäscheleinen, führte eine Treppe in die Kellerräume. Carlos benutzte sie oft, denn dort unten befand sich ein Raum, in welchem er Gartenwerkzeug aufbewahrte. Es fiel niemandem auf, wenn er, wie jetzt, dort hinunterstieg.

Die graue Holztür besaß ein kleines vergittertes Fenster und ein einfaches, altmodisches Schloss. Das genügte völlig, denn die Räume, die durch diese Tür zugänglich waren, fanden – mit Ausnahme des erwähnten Gartenraums – keine Verwendung mehr. In einem befanden sich Gartenmöbel aus den zwanziger Jahren, in einem anderen standen Apfel- und Kartoffelhurden, und es gab einen Kohlenkeller, in dem noch immer ein paar hundert Kilo Steinkohle lagerten, obwohl die Zentralheizung bereits in den sechziger Jahren auf Heizöl umgerüstet worden war.

Dieser Kohlenkeller ließ sich mit einem Brettersystem in größere oder kleinere Module unterteilen, um die Kohlen besser zugänglich zu machen.

Carlos hatte die Bretter so gesetzt, dass eines der Module leer blieb. Es war nicht leicht zugänglich, aber mit etwas Klettergeschick konnte man es erreichen.

Es enthielt zwei Piloten- und zwei Rollkoffer.

15

»S. Stöckli, An- und Verkauf« stand über dem kleinen Schaufenster.

Allmen sah hinein. Das Angebot war sehr gemischt und nicht besonders exklusiv. Ein paar Armbanduhren, ein Strauß Spazierstöcke mit Silberknäufen, eine antike Modelleisenbahn, eine Spielzeug-Dampfmaschine. Das einzige Porzellan war ein fünfteiliges Teeservice, das wohl einst sechsteilig gewesen war.

Die Tür hatte ein kleines von außen vergittertes Fenster. An der Innenseite hing ein Schild. *»Yes, we're open!«*

Allmen öffnete sie. Der Duft von Bergamotte erfüllte den kleinen Laden. Auch hier glich die Auswahl mehr einem Flohmarkt als einem Antiquitätengeschäft.

»Sind Sie Herr von Allmen?«, fragte eine Stimme. Sie gehörte einem bärtigen alten Herrn an einem runden Louis-Philippe-Tisch mit drei passenden Sesseln. Er musste sich soeben eine Tasse Tee eingeschenkt haben, sie dampfte und war die Quelle des Bergamottedufts.

»Ja, der bin ich«, antwortete Allmen. »Und Sie Herr Stöckli, nehme ich an.«

»Genau. Bitte wenden Sie das Schild an der Tür.«

Allmen drehte es auf *»Sorry, we're closed«*.

»Mögen Sie auch eine Tasse Earl Grey?«

»Gerne«, antwortete Allmen, obwohl das nicht gerade sein Lieblingstee war.

Sebastian Stöckli trug eine Weste und ein kragenloses Hemd. Über der Rücklehne hing ein Jackett im gleichen Stoff wie die Weste. Die Hose gehörte nicht zum Ensemble.

Die Brille mit den kleinen Gläsern verlieh ihm etwas Gottfried-Kellerhaftes. Aber das Auffälligste an ihm war sein dichter schneeweißer Haarwusch.

Der Mann hatte gestern am späten Vormittag angerufen und um diesen Besuch gebeten. Es gehe um einen Auftrag für Allmen International Inquiries. Er habe gehört, dass die Agentur auf Kunstgegenstände spezialisiert sei. Und dazu gehöre wohl auch Meißner Porzellan.

»Bitte bedienen Sie sich, ich bin nicht mehr so gut zu Fuß.« Die Hand, die auf den Teekrug deutete, trug an jedem Finger einen Ring, auch am Daumen. Vielleicht waren die Haare doch nicht das Auffälligste an ihm.

»Wie können wir Ihnen behilflich sein?« Allmen nahm eine Karte aus der Brieftasche, reichte sie Stöckli, schenkte sich ein und wollte sich setzen.

»Moment, bevor Sie sich setzen, tun Sie mir bitte den Gefallen, das hier zu öffnen.« Er zeigte auf ein nussbaumfurniertes Wandschränkchen, das auf Brusthöhe hing.

Allmen drehte den Messingschlüssel. Es war leer bis auf eine Porzellangruppe. Es war die von drei Schäfchen umgebene Hirtin, die sich unter dem Strohhut, der auf ihrem Schoß lag, selbst befriedigte.

Allmen versuchte, seine Überraschung zu verbergen. »Hübsches Stück«, sagte er anerkennend. »Darf ich?«

»Bitte sehr.«

Allmen nahm die Gruppe aus dem Kästchen und betrachtete sie. Kein Zweifel, es war die, die sie Boeni verkauft hatten. »Könnte von Johann Joachim Kändler sein«, stellte Allmen kennerhaft fest.

»Der Hut«, sagte Stöckli, »er lässt sich abnehmen.«

»Ach, tatsächlich?«

Der alte Herr lächelte. »Was haben Sie dafür bekommen?«

Allmen versuchte, Unverständnis vorzutäuschen. Aber Stöckli ging nicht darauf ein. »Ich wette, Boeni hat Ihnen keine zwanzigtausend bezahlt. Stimmt's?«

Allmen schwieg.

»Und jetzt schätzen Sie mal, wie viel ich dafür hinlegen musste.«

Allmen schwieg immer noch.

»Einundsechzig.« Der alte Händler ließ die Zahl

ein wenig nachwirken. »Das heißt, ich muss die Dame für mindestens achtzig verkaufen, was auf dem Markt, auf dem überhaupt ein Verkauf solcher Sachen zweifelhafter Herkunft möglich ist, ein sehr stolzer Betrag ist.«

»Was hat das alles mit mir zu tun?«, fragte Allmen tapfer.

»Herr von Allmen, es gibt in diesem Geschäft einen Zwischenhändler zu viel, finden Sie nicht? Jetzt, wo wir uns kennen, brauchen wir Boeni nicht mehr. Lassen Sie uns direkt zusammenarbeiten.«

Allmen gab auf. »Wie sind Sie auf uns gekommen?«

Sebastian Stöckli nahm einen Schluck Tee. Auch an dieser Hand trug er fünf große Ringe. »Auf die Gefahr hin, Sie zu erschrecken: Es war nicht besonders schwierig. Ich wusste, dass das Stück aus dem Inventar von Sterner Söhne stammen musste, denn der alte Sterner handelte unter dem Ladentisch mit solchen Sachen, bevor er fromm wurde. Von einem früheren Angestellten Sterners ...«

»Felix Ruch«, seufzte Allmen.

»... genau. Von Felix wusste ich, wo das Inventar lagerte. Und danach war es keine Kunst, von dem Einbruch zu erfahren. Und von der Inventur durch Ihre Firma.«

»Und was schlagen Sie jetzt vor?«

Stöckli machte eine Kunstpause. Endlich sagte er: »Ich würde Ihnen für so etwas dreißig bis vierzig zahlen. Und immer noch mehr verdienen.«

Allmen überlegte. Dann sagte er: »Ich werde das mit dem Accounting besprechen.«

»Tun Sie das. Und bringen Sie mir mehr davon.«

Allmen wiegte den Kopf. »Wenn ich mehr finde.«

Der alte Herr mit den zehn Ringen lächelte freundlich. »Sie werden mehr finden.«

»Was macht Sie da so sicher?«

»Sterner besaß mehr.«

16

Carlos hatte sich für das Schoßhündchen entschieden, vor allem, weil es die erste Porzellanfigur war, die er aus dem Seidenpapier wickelte.

Das Schoßhündchen wurde gerade aufgehoben von einer vornehmen Dame, die sich zu ihm hinunterbückte. Die hintere Hälfte ihres bunten Reifrocks ließ sich abheben, und die Dame stand leicht gespreizt und leicht gebückt ohne Wäsche da.

Mit diesem Werk der erotischen Kunst sprach Allmen am nächsten Morgen bei Sebastian Stöckli vor. Carlos hatte darauf bestanden, ihn zu begleiten, schließlich ging es um Preisverhandlungen.

Einundvierzigtausend handelte er aus.

Allmen war also wieder bei Kasse und konnte dem Rendezvous mit Jasmin gelassen entgegensehen.

Von Gelassenheit konnte allerdings keine Rede sein, als er, viel zu früh, das Café Bopp betrat. Er war am Vortag bereits einmal da gewesen, um persönlich den Tisch auszuwählen, den man ihnen reservieren sollte. Ein Vierertisch am Fenster, dessen offene Flanke mit einem Raumteiler voller Kunstblumen geschützt war. Er hätte die Reservierung gerne mit einem größeren Trinkgeld gesichert, aber am Tag davor waren fünfzig Franken alles gewesen, worüber er verfügt hatte.

Der Tisch war frei, ein großes *»Réservé«*-Schild hatte dafür gesorgt. Die Bedienung, dieselbe ältere Frau in Schwarz mit weißem Schürzchen, die die Reservierung und das Trinkgeld entgegengenommen hatte, räumte das Schild ab und fragte nach seiner Bestellung.

»Ich erwarte noch jemanden«, erklärte Allmen und setzte sich so, dass er den Eingang im Auge behalten konnte.

Der Tisch war zum Essen für vier gedeckt. »Es hat eine kleine Änderung gegeben«, erklärte Allmen. »Wir sind nur zu zweit. Und es ist nicht zum Essen.«

Die Frau wollte etwas sagen, erinnerte sich aber

wohl an das Trinkgeld und räumte schweigend die Gedecke ab.

Es war halb sechs, die ersten Stammgäste trafen ein, im Bopp aß man früh. Auf dem Tisch in einem Messinghalter steckte die Karte mit dem Tagesmenü: Pastetchen oder gebratener Fleischkäse mit Spiegelei oder, als vegetarische Variante, Gemüseauflauf. Alles mit wahlweise Suppe oder Salat.

Sie kam Punkt sechs, entdeckte ihn und kam auf ihn zu.

Sie trug keines ihrer züchtigen Sommerfähnchen, sondern ein blaues Kostüm und eine weiße Bluse mit Stehkragen. Als wollte sie mit etwas Damenhaftem ihre Mädchenhaftigkeit kaschieren.

Allmen war ihr entgegengegangen und empfing sie jetzt mitten im Raum. Die Begrüßung unter den kritischen Blicken sämtlicher Gäste geriet etwas linkisch.

Er begleitete sie zum Tisch. Die Bedienung erwartete sie schon und erkundigte sich nach ihren Wünschen.

Jasmin fragte Allmen: »Was nehmen Sie?«

Er blickte zur Serviererin auf. »Einen Campari Soda mit drei Eiswürfeln.«

»Und ich einen Pfefferminztee.«

»Sie trinken keinen Alkohol?«, wollte Allmen wissen.

»Ich weiß es nicht. Getrunken habe ich jedenfalls noch nie welchen.«

»Und Sie haben auch nicht vor, es zu versuchen?«

»Jetzt? Hier?« Sie lachte.

»Nein, vielleicht lieber an einem etwas angemesseneren Ort. Und mit einem angemessenen Getränk.«

»Zum Beispiel?«

»Der erste Schluck Alkohol für eine junge Frau müsste Champagner sein.«

»Das ist bestimmt sehr teuer.«

»So eine Taufe darf schon etwas kosten.«

Damit war für sie das Thema abgehakt. Sie zog die Menükarte aus dem Halter und fragte: »Haben Sie schon geschaut?«

»Ja, ja. Aber ich dachte, wir nehmen hier den Aperitiv, und dann gehen wir in etwas, ähm ...«

»Angemesseneres?« Sie sah ihn verschmitzt an, und er hatte das Gefühl, dass sie sich ein wenig über ihn lustig machte.

»Das Promenade ist immer sehr zufriedenstellend. Oder das Kioto, der mit Abstand beste Japaner der Stadt. Oder ganz neu und sehr zu empfehlen, ein moderner Italiener, Due Ragazze. Oder wenn Sie es gerne ein wenig verwegen und molekular mögen: das La Reine.«

Jasmin winkte ab. »Das ist mir alles viel zu teuer.«

»Sie sind selbstverständlich mein Gast.«

»Kommt nicht in Frage. Wir teilen.«

Die Vorstellung amüsierte Allmen. Das wäre das erste Mal in seinem Leben, dass er eine Frau an einer Rechnung mitbezahlen ließe. Er sagte stattdessen, und es klang etwas gönnerhaft: »Auch die Hälfte wäre immer noch ziemlich teuer.«

Sie blickte auf die Karte: »Menü drei, elf fünfzig.«

Allmen begann mit der Möglichkeit zu rechnen, dass sie tatsächlich hier essen wollte. Doch bevor er sich dazu äußern konnte, sagte sie ganz ernst: »Es geht nicht, dass Sie mich einladen. Das müssen Sie verstehen. Ich darf mich nicht von einem Mann einladen lassen. Schon gar nicht von einem, den ich kaum kenne. Es gehört sich nicht.«

Ihre Miene hellte sich wieder auf. »Also, wofür haben Sie sich entschieden?«

»Ich nehme das Gleiche wie Sie.«

»Dann zweimal Salat und Gemüseauflauf.«

Als Allmen bestellte, fragte die Bedienung: »Ich dachte, Sie wollen nichts essen?«

»Wir haben unsere Meinung geändert.«

»Aber die anderen beiden kommen trotzdem nicht?«

Allmen verneinte und wartete, bis die Frau gegangen war und Jasmin ihre Frage stellen würde.

»Wer hätte noch kommen sollen?«

»Niemand. Man bekommt den besseren Tisch zu zweit, wenn man für vier reserviert.«

Jasmin sah ihn überrascht an. »Aber das ist doch gelogen.«

»Ein bisschen lügen darf man.«

»Nein.« Ganz entschlossen und ohne Lächeln.

»Vielleicht haben Sie recht«, sagte er, etwas nachdenklich.

»Ganz bestimmt sogar«, versicherte sie ihm.

Jasmin wechselte das Thema. »Sie fragen sich bestimmt, weshalb ich Sie treffen wollte.«

»Genau.« Schon wieder eine Lüge. Allmen wollte möglichst lange nicht zum Thema kommen, was immer es war. Er wollte plaudern, flirten, in günstigem Licht dastehen. Kurz: Er wollte Jasmin mit dem reinen Herzen den Hof machen.

»Es ist alles sehr vertraulich. Nicht wahr, ich kann Ihnen vertrauen. Auch wenn Sie manchmal lügen?«

»Wenn es wichtig ist, lüge ich nicht.«

Sie sah ihn ernst an, doch schließlich nickte sie, als sei sie zum Entschluss gekommen, ihm dennoch ihr Vertrauen zu schenken.

»Es geht um Onkel Reimund.«

Die Bedienung brachte den Salat, und Jasmin wartete, bis sie wieder außer Hörweite war.

»Ich verdanke ihm viel. Er hat sich seit dem Tod meiner Eltern sehr um mich gekümmert. Mein

Großvater tat das natürlich auch, aber er war, seit ich mich erinnern kann, ein alter Mann. Ein lieber alter Mann. Aber für meine Erziehung, für meine Bildung hat Onkel Reimund mit seinen Dagmarianern gesorgt. Ich liebe und respektiere ihn.«

Sie begann, den Salat zu essen. Als sie ihn auf die Hälfte reduziert hatte, legte sie die Gabel beiseite und fuhr fort:

»Das wollte ich vorausschicken. Damit Sie mich nicht falsch verstehen.«

Sie suchte nach einer Fortsetzung. »Ich bin jetzt seit bald sieben Jahren volljährig.«

»Das steht Ihnen sehr gut.«

Sie wurde ein wenig verlegen. »Ich könnte über mein Erbe frei verfügen, nicht wahr?«

»Davon gehe ich aus.«

»Sehen Sie. Doch Onkel Reimund hält mich an der kurzen Leine. Ich bekomme ein sehr bescheidenes Taschengeld, und alle meine Ausgaben laufen über ihn.«

»Ich kann Ihnen einen Anwalt vermitteln. Der bringt die Sache in kürzester Zeit in Ordnung.«

»Das weiß ich, ich habe mich erkundigt. Aber ich will keinen Streit. Er meint es ja nur gut.«

Sie aß ihren Salat auf, und auch Allmen nahm ein paar Gabeln von seinem.

»Aber Sie könnten mir helfen.«

»Sehr gerne. Wie?«

Die Antwort kam schnell, wie etwas, das man sich genau überlegt hat: »Sie geben das Geld für die Verkäufe mir. Wenigstens für einen Teil.«

Klar, das wäre kein Problem, dachte Allmen. Reimund brauchte ja nicht von jedem Verkauf zu erfahren. Aber er wollte es von ihr hören.

»Und wie stelle ich das an?«

»Sie brauchen ja nicht jeden Verkauf zu melden. Sie arbeiten auf Vertrauensbasis.«

Allmen sagte das Naheliegende nicht. Aber Jasmin beantwortete es trotzdem.

»Das ist nicht lügen. Das ist: nicht alles sagen. Nicht dasselbe.«

Die Bedienung brachte den Gemüseauflauf. Gemüseauflauf hatte er schon im Charterhouse College gehasst. Aber jetzt, in ihrer Gesellschaft, schmeckte er ihm.

Was ihm am besten gefiel an dieser Idee: Sie müssten sich regelmäßig treffen. Er würde es einzurichten wissen, dass diese Verkäufe sehr vereinzelt geschahen.

Nachdem er den Teller leergegessen hatte, sagte er: »Ich helfe Ihnen gerne. Es ist ja kein Betrug. Die Sachen gehören Ihnen.«

Er wartete ab, bis die Kellnerin den Tisch abgeräumt hatte. »Die Übergabe des Geldes müsste allerdings persönlich und in bar stattfinden.«

Sie nickte. »Selbstverständlich.«

»Was den Vorteil hätte, dass wir uns von nun an öfter sehen würden.«

Sie lächelte. »Ich hoffe, es wird Ihnen nicht zu viel.«

Weder die Option Schlosshotel noch die, sie mit Herrn Arnold nach Heidstetten zu fahren, kamen zum Zuge. Aber sie war einverstanden, sich zu der Wohnung einer Dagmarianerin fahren zu lassen, die ihr ein Zimmer zur Verfügung gestellt hatte.

Beim Gutenachtsagen hatte er einen Augenblick das Gefühl, sie wolle ihn auf die Wange küssen.

17

Allmen war bereits um zehn Uhr zu Hause.

Er setzte sich in die Bibliothek und versuchte zu lesen. Es gelang ihm nicht. Bereits nach ein paar Zeilen fand er seine Gedanken wieder bei Jasmin.

Es klopfte, und Carlos trat ein. Man sah ihm an, dass er schon im Bett gewesen war.

»*Buenas noches,* Don John. Womit kann ich Ihnen dienen?«

»Was haben wir?«, erkundigte sich Allmen vorsichtig. Die Hausbar hatte wohl noch nicht den Status des momentanen Wohlstands erreicht.

»Nicht viel«, bedauerte Carlos. »Außer, Sie haben etwas zu feiern.«

»Das habe ich sehr wohl.«

Carlos verschwand. Allmen hörte ihn die Treppe hinaufsteigen und ein paar Worte mit María wechseln.

Als er das Zimmer betrat, trug er ein Tablett mit einem Schwenker und einer Flasche – Ron Zacapa 23 Solera Gran Reserva! Ein guatemaltekischer Premium-Rum, der 23 Jahre lang auf 2300 Metern über Meer gereift war. Die Flasche war noch ungeöffnet, und Allmen wusste, dass Carlos sie schon seit Jahren hütete.

»Aber nur, wenn Sie mithalten«, forderte Allmen.

Carlos ließ sich überreden, holte ein zweites Glas und schenkte ein.

Allmen führte den Schwenker an die Nase und schloss die Augen.

»Carlos«, sagte er unvermittelt.

»*Sí*, Don John?«

»Ich fühle mich schlecht bei der Sache.«

»Welcher Sache?«

»Die Porzellane gehören Jasmin. Alle. Auch die erotischen.«

»Die gehören niemandem, Don John. Es gibt sie nicht. Man findet sie nicht im Inventar.«

Allmen prostete Carlos zu, und beide nahmen einen winzigen Schluck.

»Das ist Quatsch, das wissen wir beide. Sie gehören ihr. Und das Geld, das wir dafür bekommen, gehört auch ihr.«

Carlos zögerte mit der Antwort. Schließlich rang er sich dazu durch zu sagen: »Das ist auch eine Art, es zu betrachten, Don John.«

»Es ist die ehrliche.«

Carlos antwortete mit einem Satz, der in der Unternehmensphilosophie von Allmen International Inquiries Aufnahme finden sollte: »In unserem Beruf kann man sich Ehrlichkeit nicht immer leisten.«

Allmen lächelte. »Sie haben recht, Carlos. Aber in diesem Fall müssen wir sie uns leisten. Wir erhalten ja immer noch die Kommission für den Verkauf der Zensierten.«

»Zehn Prozent.« Carlos sah von seinem Rum auf und warf seinem *patrón* einen nicht ganz vorwurfsfreien Blick zu.

»Immerhin«, entgegnete Allmen trotzig.

Wieder nippten beide an ihren Schwenkern.

Allmen ermannte sich. »Ich will, dass wir Jasmin das Geld geben.«

Carlos nickte. Etwas in der Art hatte er erwartet. »Das ganze? Auch die Kommission?«

»Ja. Auch die Kommission. Wir schlagen es jeweils zu den anderen Verkäufen.«

Carlos machte ein besorgtes Gesicht. »Ich weiß nicht, wie ich es María sagen soll, Don John.«

»Sagen Sie es ihr einfach nicht.«

Sie tranken beide noch ein Glas, bevor Carlos sich verabschiedete.

Allmen hörte ihn mit schweren Schritten die Treppe hinaufsteigen. Danach glaubte er, einen gedämpften, aber heftigen Wortwechsel zu hören. Keine fünf Minuten später klopfte es, und fast gleichzeitig ging die Tür auf.

María stürmte herein, mit offenem Haar und einem Négligé, durchsichtiger, als ihr wohl bewusst war.

»Disculpe«, schnappte sie, »Entschuldigung. Die Liebe ist zwar etwas Schönes. Sie dürfen auch aus Liebe Ihr Geld verschenken. Sie dürfen sogar aus Liebe unser Geld verschenken …« – Unser?, fragte sich Allmen überrascht, haben die geheiratet? – »… aber dass Sie auch noch in seinem Namen auf Carlos' Kommissionen großzügig verzichten, das geht zu weit!«

Allmen war überrascht von diesem Auftritt und auch ein bisschen handicapiert durch den Rum, von dem er sich gerade noch ein kleines Gutenachtschlückchen nachgeschenkt hatte. Er wusste nichts

Besseres zu sagen als: »Es schien uns der ehrlichste Weg.«

»Uns? Ihnen! Es ist nicht ehrlich. Es ist eine unglaubliche Dummheit!«

Jetzt bemerkte sie die Durchsichtigkeit ihrer Nachtbekleidung und verschränkte die Arme. Das ließ sie noch herausfordernder erscheinen.

»Dann soll er in Gottes Namen seine fünf Prozent nehmen.« Allmen kippte den Rum und machte Anstalten, sich für die Nacht zurückzuziehen.

»Und Sie sich Ihre auch. Sonst sitzen Sie nämlich wieder uns auf der Tasche!«

Allmen schwieg betreten. Dann sagte er: »*Vale*, okay.«

18

Der Verkauf der Stücke, die Cognatus Reimund als »freizügig oder frivol« bezeichnet hatte, lief hauptsächlich über die offiziellen Kanäle. Sie erzielten anständige Preise bei Auktionen oder als Kommissionsware in gehobenen Antiquitätengeschäften oder auch im direkten Verkauf im Kunsthandel.

Allmen war den ganzen Sommer über damit beschäftigt. Damit, vor allem aber mit Jasmin.

Sie trafen sich jede Woche. Anfangs noch immer im Café Bopp, aber bald ließ sie sich an die von Allmen bevorzugten Adressen ausführen, das Promenade, das Due Ragazze, das Kioto und das La Reine. Sie hatte allerdings, was die Rechnung anging, auf »einmal ich, einmal du« bestanden. Allmen akzeptierte das, denn ihr persönlicher Wohlstand wuchs mit jedem Treffen.

Per Du waren sie erst seit der sechsten Verabredung. Es hatte im Kioto stattgefunden und war ein Abend der ersten Male. Das erste Mal japanische Küche. Das erste Mal roher Fisch. Das erste Mal über hundertfünfzigtausend Franken.

Und so machte sie den Abend auch gleich zu »das erste Mal Alkohol«.

»Hatten Sie bei unserem ersten Essen damals nicht gesagt, der erste Schluck Alkohol für eine junge Frau müsse Champagner sein?«

Allmen bestätigte das.

»Gibt es das hier?«

Allmen bestellte eine Flasche Roederer Cristal und genoss ihren Anblick beim ersten Tropfen Alkohol.

Nach wenigen Schlucken konnte sie nur noch kichern, weil es so lustig kitzelte, und Allmen – ganz Gentleman – musste dafür sorgen, dass sie sich nicht ein zweites Glas einschenken ließ.

»Ich spüre überhaupt nichts«, behauptete sie.

Diese Situation hatte Allmen nur insofern ausgenutzt, als er ihr das Du vorgeschlagen hatte.

An jenem Abend ließ sie sich wie immer von ihm beziehungsweise Herrn Arnold nach Hause fahren. Aber sie wohnte nicht mehr bei der Dagmarianerin, sondern im Hotel Sonnenweid, einem Vier-Sterne-Haus mit etwas Seeblick.

Er brachte sie zur Rezeption und zum Aufzug. Dort verabschiedete er sich.

Und sie küsste ihn flüchtig auf die Wange.

19

Der Verkauf der erotischen Porzellane lief jetzt noch besser. Der alte Sebastian Stöckli hatte Wort gehalten und bezahlte durchweg bessere Preise als Boeni.

Die Treffen in seinem Laden wurden zur liebgewonnenen Routine. Stöckli war ein interessanter Mann mit einer beeindruckenden Lebensgeschichte. Er hatte Steinmetz gelernt und sechs Jahre in Barcelona in der Sagrada Familia gearbeitet. Von dort ging er nach Poona, blieb dort aber nur kurz und zog weiter an die pakistanische Grenze ins ehemalige Punjab. Dort erlernte er das Handwerk der Herstellung von Jadau-Schmuck. Damit reiste er zu den Hippietreffpunkten der Welt, und als die Hippiebewegung verebbte, geriet er in den Antiquitätenhandel. Von diesem lebte er seither. Im nächsten Jahr wurde er achtzig.

»Freunde«, sagte Stöckli, »nennen mich Dastar. Was so viel wie ›Turban‹ heißt, früher mein Markenzeichen.«

Allmen richtete es so ein, dass seine Besuche bei Dastar auf die Mittagspause fielen. Sein Gastgeber kochte auf seinem Bunsenbrenner im winzigen Hinterzimmer des Ladens herrlich authentische Currys.

Als die ersten Herbststürme ins Laub fuhren, war der größte Teil der Erotika verkauft, und gegen anderthalb Millionen Franken in bar hatten bei Pork Vindaloo, Kaju Chicken und Tamil Nadu die Hand gewechselt.

Der Verkauf über die legalen Kanäle lief etwas harziger. Zwar erzielten einige ausgesuchte Stücke respektable Preise, aber von den etwas konventionelleren kamen manche bei Auktionen nicht einmal auf den Schätzpreis. Der kleine Markt für Porzellane war durch das plötzlich große Angebot vielleicht ein bisschen übersättigt. Allmen riet zu größeren Verkaufsabständen, nicht ohne Hintergedanken. Er wusste ja nicht, wie sich ihre Beziehung weiterentwickeln würde, wenn einst alles verkauft sein würde.

Abgesehen davon, hatte sich das Geschäftliche erfreulich entwickelt.

Das Private nicht so.

Die regelmäßigen Treffen mit Jasmin waren zwar jedes Mal aufregende und glückliche Momente, aber er war sich nicht sicher, ob das nicht nur für ihn zutraf.

Ihre Beziehung wurde immer vertrauter und natürlicher. Sie plauderte ganz unbefangen über alles, was sie beschäftigte, und er hörte ihr zu und korrigierte seinen verzückten Gesichtsausdruck, wann immer er sich dessen bewusst wurde.

Aber Allmen spürte, dass er auf dem besten Weg war, nicht ihr Liebhaber, sondern ihr väterlicher Freund zu werden.

20

»Penas de amor«, stellte María fest. Liebeskummer.

Sie räumte Allmens Frühstückstisch ab. Das halbgegessene Kräuteromelett, das angebissene Croissant, den unberührten Orangensaft.

Allmen saß am Kopfende des Tischs, vor sich die noch immer gefaltete Zeitung, den Blick auf den Garten gerichtet, auf die schwarzglänzenden Äste des unbelaubten Baumbestandes.

Er schreckte aus seinen Gedanken auf. »Wie bitte?«

»Wer so frühstückt, hat Liebeskummer«, stellte María als unumstößliche Tatsache fest.

Allmen lächelte müde. »Ach, María.«

Sie wartete, bis Allmen die Zeitung hob, damit sie das weiße Tischtuch vom Tisch nehmen konnte. Sie trug es hinaus, und Allmen sah durchs Fenster, wie sie es draußen ausschüttelte.

Als sie zurückkam, fragte sie: »Wie lange sehen Sie sie nun schon?«

»Bald vier Monate.«

»Und? Ist schon etwas … passiert? Verzeihen Sie die Frage, Don John.«

Allmen rang kurz um die Fassung. Das, was Carlos an Diskretion zu viel hatte, fehlte María. »Nein, María, nichts.«

»Das ist nicht normal.« Auch das eine unumstößliche Tatsache.

»Das verstehen Sie nicht, María. Sie ist so … so unverdorben. So vertrauensvoll. So unerfahren.«

María hob die Schultern und servierte ihm ihre dritte unumstößliche Tatsache: »Wenn jemand unerfahren ist und jemand erfahren – wer macht dann den ersten Schritt?«

»Ich möchte ihre Unerfahrenheit nicht ausnutzen.«

»Sie ist fünfundzwanzig. Für mich ist das erwachsen.«

Allmen machte eine abwägende Geste. »Theoretisch schon. Aber Sie müssten sie kennenlernen.«

»Dazu werde ich kaum Gelegenheit haben, wenn Sie so weitermachen.«

21

María hatte recht.

Er rief Jasmin an – sie besaß jetzt, wohl zum Ärger des Cognatus Reimund, ein Smartphone – und änderte den Treffpunkt: Sie würden ins neue Gourmetrestaurant des Schlosshotels, Le Château, gehen.

Er reservierte für alle Fälle eine Suite und ließ von Rosarum, dem zurzeit trendigsten Blumengeschäft, ein großes Jasmingesteck aufs Zimmer bringen. Auch für den Nischentisch im Le Château bestellte er ein Jasmingesteck.

Während Herr Arnold Jasmin im Hotel Sonnenweid abholte, ging Allmen zu Bert in die Bar und bestellte einen Wodka Perrier mit Eis und Zitrone. Die unverfänglichste Art, vor dem Aperitiv ein wenig Alkohol zu sich zu nehmen.

So in Eroberungsmodus gebracht, begab er sich

ins Restaurant, setzte sich an den Tisch und wartete.

Jasmin trug ein kleines Schwarzes. Es hob ihre weiße Haut noch hübscher hervor. Über den Unterarm, an der ihre Handtasche hing, hatte sie einen schwarzen Schal gelegt. Auch trug sie Pumps mit kleinen Absätzen statt flache Schuhe, auch das eine Premiere. Allmen musste an die ganz junge Audrey Hepburn denken. Die gleiche Mischung aus Unschuld und Verführung.

Allmen ging ihr entgegen und begrüßte sie, wie er sich vorgenommen hatte, mit drei angedeuteten Wangenküssen.

Jasmin nahm sie mit überraschender Geübtheit entgegen.

Sie bestellten das Menu Surprise, und Jasmin lobte jeden der gekünstelten Gänge gebührend, aber nicht ganz überzeugend.

Und sie trank auch von den Weinen, die der Sommelier zu jedem Gang kredenzte. Nur wenig zwar von jedem Glas, aber bei zwölf Gängen kam dennoch einiges zusammen.

Allmen legte die Rolle des wohlwollenden Zuhörers diesmal ab und schlüpfte in die des Erzählers, Causeurs und Unterhalters. Eine, die ihm viel mehr lag als die andere.

Er wagte sogar eine kleine Anzüglichkeit: »Hast

du gewusst, dass in der Epoche, aus der die meisten deiner Porzellane stammen, Gäste zu den sogenannten Levers eingeladen wurden? Die Morgentoilette einer großen Dame des Rokoko dauerte viele Stunden, und um nicht zu viel Zeit ohne ihre Gesellschaft verbringen zu müssen, lud sie Freunde und Bekannte dazu ein.«

Jasmin lachte. »Eine ziemlich intime Einladung.«

»Eine ziemlich freizügige Epoche«, antwortete er.

Aber am liebsten hörte sie die Geschichten aus seinem Beruf, die er zum Besten gab und großzügig ausschmückte. Als er begann, von der alten Dalia Gutbauer zu erzählen, der einst dieses Hotel gehörte und in dessen oberster Etage sie jahrelang inkognito gelebt hatte, hing Jasmin an seinen Lippen.

Als er zu der Stelle kam, wo der arme Dauergast, der alte Herr Frey, mitten bei der Mahlzeit sang- und klanglos starb und es lange – stundenlang, übertrieb Allmen – niemand bemerkte, fröstelte sie.

Allmen stand auf und legte ihr fürsorglich den Schal um. Und ließ die Hände ein paar Augenblicke auf ihren Schultern liegen.

Sie wandte sich um, sah zu ihm herauf und lächelte.

»Erzähl weiter«, forderte sie ihn auf, als er sich wieder gesetzt hatte.

Allmen erzählte von all den anderen seltsamen Gästen, dem gestohlenen Dahlienbild von Fantin-Latour und der angsteinflößenden Entführung von María.

Sie blieben noch, als die letzten Gäste längst gegangen waren. Jasmin, weil sie sich nicht satthören konnte, Allmen, weil er die Stunde der Wahrheit hinausschieben wollte.

Als Jasmin endlich sagte: »Ich glaube, für mich wird es Zeit«, hatte sie ein wenig Mühe mit der Aussprache. Was sie sehr amüsierte. »Ich glaube, ich bin ein ganz kleines bisschen beschwipst. Stört es dich?«

Er schüttelte den Kopf, holte Atem und sagte: »Ich habe hier ein Zimmer. Ich dachte, vielleicht magst du dir die Fahrt zum Hotel ersparen.«

Er versuchte, sein Lächeln weder zu unsicher noch zu bedeutungsvoll erscheinen zu lassen.

Sie schien den Vorschlag ernsthaft in Erwägung zu ziehen und sagte schließlich: »Kann ich es sehen?«

Allmen unterschrieb die Rechnung und ließ zweihundert Franken in dem Lederumschlag liegen, in dem sie gebracht worden war. Dann führte er sie hinauf.

Die Suite duftete intensiv nach Jasmin. »Wie an meinen Geburtstagen. Da war der Tisch auch immer mit Jasmin geschmückt. Ich habe im Juli.«

Sie inspizierte den Salon, das Schlafzimmer und das Bad und kam zurück mit der Entscheidung: »Es hat alles, was ich brauche. Toilettensachen, Bademantel, Pantoffeln. Ich bleibe.« Sie sah ihn forschend an. »Aber du auch. Du musst auch bleiben. Nach all den Geschichten, die du mir erzählt hast, könnte ich nie alleine hier schlafen. Nie.«

Sie wartete seine Antwort nicht ab und verschwand im Bad.

Allmen erschien es wie eine Ewigkeit, bis sie wiederkam. Sie trug einen viel zu großen weißen Bademantel mit dem protzigen Wappen des Schlosshotels und riesige Slipper mit dem gleichen Emblem.

Sie kam zu ihm, gab ihm einen schwesterlichen Kuss auf die Wange und schlüpfte unter das schneeweiße Federbett.

Er sah nur ihren Kopf über dem Rand der Daunendecke, versunken in zwei Kopfkissen. So klein sah sie aus in dem riesigen Bett, so schutzbedürftig.

Die Augen fielen ihr zu. »Du bist der einzige Mann auf der Welt, der bei mir im Zimmer schlafen darf.«

Und nach einer Pause: »Der Einzige, zu dem ich so totales Vertrauen habe.«

Als er aus dem Bad kam in einem viel zu kleinen Bademantel, schlief sie tief.

Allmen legte sich ins Bett daneben.

Lange schlief er nicht ein.

22

Er kam gegen zehn Uhr früh nach Hause, bereit, María in den Senkel zu stellen, falls sie eine Bemerkung machen sollte.

Alles, was sie verlauten ließ, war: »Schon gefrühstückt?«

»Sí, gracias«, antwortete er, ging ins Bad und sich umziehen.

Als er ins Glashaus kam, machte sich María an der Bibliothek zu schaffen. Noch immer kommentarlos, aber mit heimlichen Seitenblicken in seine Richtung.

Allmen ignorierte sie und begann in Maughams *Entlegene Welten* zu lesen. Aber immer wieder spürte er ihren fragenden Blick.

Plötzlich beantwortete er laut und wütend ihre ungestellte Frage:

»*No,* María! Die Antwort ist: *No*!«

María murmelte etwas Unverständliches und zog sich zurück.

Allmens Laune besserte sich nicht. Er legte das Buch weg und versuchte sich an einer Chopin-

Étude, gab auch das auf, begann, hin und her zu tigern, und überlegte, wie er den Nachmittag totschlagen könnte. Gerade als er Carlos rufen und ihn bitten wollte, Herrn Arnold zu bestellen, klopfte es, und Carlos betrat den Raum, begleitet von María. Er trug den aufgeklappten Laptop auf dem Arm.

»Entschuldigen Sie die Störung.«

»Ist es wichtig?«, fragte Allmen.

»Ich weiß nicht, ob wichtig. Aber interessant.«

Allmen sah sich die Website auf dem Bildschirm an und stutzte.

Ein älterer Herr mit lockigem grauen Haar und einer Krawatte, die Allmen nie tragen würde, saß in einem Raum voller Vitrinen. Die Überschrift des Bildes lautete: SCHARF AUF SCHARFES. Im Untertitel stand: »Multimillionär Jack Hess (72) besitzt eine der größten Sammlungen von Erotika. Sein neuestes Prunkstück ist aus Porzellan.«

Der Sammler hielt eine Porzellangruppe in der Hand. Allmen kannte sie: *Drei Mädchen beim Frühstück im Grünen*. Die Gruppe, die sich, ohne dass man etwas abnehmen musste, auch bequem von unten bewundern ließ. Was der Sammler auf dem Bild auch tat. Und zwar so, dass nur er in den Genuss des zu Betrachtenden kam.

Im Text wurde die Sammlung summarisch beschrieben und der Preis der »Damen ohne Unterwäsche«, wie die Journalistin es nannte, verraten: »Über dreihundertzwanzigtausend«, wurde Jack Hess zitiert, »eines meiner teuersten Stücke.«

»Treinta y ocho mil«, sagte Carlos. »Achtunddreißigtausend haben Sie bekommen.«

Jetzt wusste Allmen, wie er den Nachmittag totschlagen würde.

Er wählte die Nummer von Stöckli, aber nur die Combox antwortete. Es war noch nie vorgekommen, dass Stöckli nicht erreichbar war. Immer wieder versuchte er es. Immer wieder ohne Erfolg.

Er hatte nach einem weiteren vergeblichen Versuch den Hörer entnervt aufgelegt, als Carlos ihm einen Zettel brachte. Darauf hatte er mit seiner akkuraten Schrift Adresse und Telefonnummer von Jack Hess notiert, dem Sammler von Erotika.

»Vielleicht kann er weiterhelfen.«

Herr Hess war ein jovialer Mann. Als Allmen ihm am Telefon sagte, dass er ein Sammlerkollege von Erotika sei und ihn gerne treffen würde, lud er ihn noch für denselben Abend zu einem Drink ein.

Von Herrn Arnolds Cadillac aus versuchte er nochmals, Dastar zu erreichen. Es wäre ihm lieb gewesen, wenn er ihn noch hätte zur Rede stellen können, bevor er den Sammler traf. Aber noch immer antwortete die Combox.

Vielleicht, dachte er plötzlich, hat er einfach versehentlich das Smartphone ausgeschaltet! Oder auf stumm gestellt. Oder auf Flugmodus. Mit achtzig konnte einem so was schon mal passieren.

Sie waren früh dran, und Dastars Laden lag auf dem Weg, daher bat er Herrn Arnold, den kleinen Umweg zu fahren.

Es war zwar noch Nachmittag, aber im Laden brannte Licht. Das war nicht ungewöhnlich, denn dort, wo Dastar den Tag verbrachte, im hinteren Teil des Geschäfts, blieb es den ganzen Tag düster.

Aber das Schild an der Tür sagte: *»Sorry, we're closed.«*

Allmen linste durch das Fensterchen in der Tür am Schild vorbei in den Laden.

Dort, auf seinem angestammten Platz, saß Dastar und sprach. Auf dem zweiten Sessel, den Rücken zur Tür gewandt, saß ein Mann.

Wahrscheinlich ein Kunde. Kein günstiger Moment, um ihn zu konfrontieren.

Der Kunde drehte sich um und griff nach dem Aktenkoffer, den er hinter seinem Sessel abgestellt hatte.

Krähenbühler!

Allmen zog den Kopf zurück, richtete sich auf und ging eilig zurück zum Cadillac.

Was zum Teufel hatte Krähenbühler bei Dastar zu suchen?

23

Jack Hess wohnte im Penthouse eines seiner Firmenbürogebäude. Die Rezeptionistin war über Allmens Besuch informiert, brachte ihn zum Aufzug und steckte einen Schlüssel in das Schloss für die oberste Etage.

Jack Hess erwartete ihn persönlich vor dem Aufzug. Er war kleiner, als Allmen ihn sich vorgestellt hatte, und auch etwas korpulenter. Doch der Druck seiner gepolsterten Hand war überraschend hart.

»Sie sammeln also auch«, stellte er fest.

»Ein bisschen. Nicht zu vergleichen mit der Größe Ihrer Sammlung, Herr Hess.«

»Nennen Sie mich Jack, unter Sammlern duzt man sich. Und wie darf ich dich nennen?«

»Meine Freunde nennen mich John.«

»Du möchtest also meine Sammlung sehen.«

Das war nicht unbedingt Allmens Absicht, aber er sah sich gezwungen, begeistert zuzustimmen.

Über eine Stunde führte Jack ihn durch sein Privatmuseum, das gut die Hälfte der Etage einnahm. Die Exponate reichten von altgriechischen bemalten Scherben über indische Kamasutra-Darstellungen, byzantinische Terracotta-Reliefs, arabische Pergamente bis hin zu pornographischen Feldpostkarten aus der Zeit des Ersten Weltkrieges. Es gab

Hunderte Skulpturen des Liebesaktes in allen Stellungen, Formationen und Gruppierungen. So viele, dachte Allmen, dass die Erotik bald auf der Strecke blieb.

Einen wichtigen Teil nahmen die chinesische und japanische Abteilung ein. Porzellanservice mit erotischer Bemalung, erotische Einlegearbeiten aus Perlmutt in Schildpatt und kleine explizite Skulpturen aus Elfenbein.

»Fast nicht mehr zu bekommen, die Elfenbeinsachen«, erklärte der Sammler.

Als sie zur Porzellanabteilung kamen, sprang Allmen sofort der indiskrete Harlekin ins Auge. Jack bemerkte Allmens Interesse, nahm die Gruppe vorsichtig aus der Vitrine und demonstrierte, wie sich der Anblick aus der Perspektive des Harlekins auch dem unbeteiligten Betrachter bot.

»Ich kenne die Form, Meißen, Johann Joachim Kändler, nicht wahr? Hast du sie schon lange?«

»Schon ewig. Wie die meisten dieser Sachen in der Qualität. Früher gab es in der Stadt ein Porzellangeschäft, wo damit diskret gehandelt wurde. Aber das ist lange her.«

»Sterner Söhne.«

»Ach, du kanntest ihn?«

»Ich habe ihn erst am Ende seines Lebens kennengelernt.«

»Er sei plötzlich furchtbar fromm geworden, erzählt man, und habe deshalb aufgehört. Zuerst mit den Erotika, dann ganz.«

»Stimmt«, bestätigte Allmen. »Er lebte die letzten Jahre bei einer Sekte.«

In der Mitte des Raumes, auf einer weißen Marmorsäule von einem Spot angeleuchtet, präsentierte sich Hess' neueste Errungenschaft: »Drei Mädchen beim Frühstück im Grünen«. Jack führte ihm die Gruppe voller Enthusiasmus vor, und Allmen bewunderte sie gebührend.

»Darf ich fragen, woher du sie hast?«, erkundigte sich Allmen ganz unverfänglich.

Jack zögerte. Dann rang er sich durch: »Es wird mir bestimmt noch leidtun, dass ich es dir gesagt habe. Aber egal: Ich habe sie von SS & T. Gibt es erst seit ein paar Monaten. Haben kein Ladengeschäft. Nur so einen kleinen privaten Showroom. Willst du die Adresse?«

Er zückte sein Handy und diktierte sie ihm. Dann lachte er gutmütig. »Schön blöd von mir.«

»Wem gehört denn der Laden?«

»Keine Ahnung. Ich hatte mit einem Angestellten zu tun. Einem gewissen Krähenbühler.«

24

Allmen hatte sein blasiertestes Oxford English hervorgeholt und – im Auftrag von Mister Charterhouse, seinem Lieblingspseudonym – um einen Termin mit Mister Crayonbiuller gebeten, einem Porzellansammler von internationalem Format. Er sei auf der Durchreise, und der Termin müsse morgen im Laufe des Vormittags sein.

Er erhielt einen um elf Uhr.

Die Adresse lag in einer Seitenstraße der Einkaufsmeile in einem Geschäftshaus aus der Jahrhundertwende. Außer SS&T, auf welche am Hauseingang kein Schild hinwies, befanden sich nur Anwaltskanzleien im Gebäude. Erst im Aufzug fand er den Namen neben dem Liftknopf zur dritten Etage.

Der Eingang befand sich am Ende des Korridors. Eine messingbeschlagene Tür aus Nussbaumholz, wie alle anderen auf der Etage mit einer kleinen Messingtafel, hier mit der Inschrift S S & T.

Am Türbeschlag unter dem Schloss klebte ein diskreter weißer Sticker, auf dem »Vorsicht, Allsecur-gesichert!« stand.

Allmen klingelte. Er hörte Schritte auf dem Parkett, dann wurde die Tür geöffnet. Vor ihm stand eine junge Frau. Sie lächelte ihn an und fragte: »Mister Charterhouse?«

Allmen nickte und wurde hereingebeten.

Sie befanden sich in einem kleinen Vestibül mit einem Empfangsdesk, einem Schrank aus dem gleichen Büromöbelprogramm, einer Garderobe und einem Schaukasten. Er enthielt sechs Porzellanfiguren, die Allmen alle sehr bekannt vorkamen.

Die Sekretärin öffnete eine Tür und führte ihn in einen etwas größeren Raum. In dessen Mitte stand ein Tisch, der mit weißem Filz überzogen war. Darauf stand die von drei Schäfchen umgebene Hirtin, mit dem abnehmbaren Strohhut auf dem Schoß. Drei Spots waren auf sie gerichtet.

Auf der einen Seite des Tischs befand sich ein einzelner Stuhl, gegenüber waren es drei. Von diesen bot sie Allmen einen an. »Herr Krähenbühler wird jeden Augenblick bei Ihnen sein.«

Eine raumhohe Vitrine nahm die ganze Wandbreite ein. Auf ihren Glastablaren standen Porzellanfiguren. Nicht viele, damit sie sich nicht gegenseitig entwerteten.

Allmen stand auf und ging näher. Alles alte Bekannte. Der Raub der Sabinerinnen, die badenden Nymphen, die Rokokodamen in verschiedenen Positionen mit ihren abnehmbaren Röcken, der Fuchs am Spinett mit seiner Sängerin. Und einige von den harmloseren, die aber Cognatus Reimund als »frivol oder lasziv« bezeichnet hätte.

Auch ein paar Stücke aus der Sammlung, auf die Allmen verzichtet hatte, waren da: ein paar Mitglieder der Affenkapelle und ein paar der Commedia dell'Arte.

Die Tür ging auf, und eine Stimme sagte mit schwerem Schweizer Akzent: »*Sorry to keep you waiting,* Mister Charterhouse.«

Allmen wandte sich um und stand Krähenbühler Auge in Auge gegenüber.

Es dauerte einen Moment, bis der sich gefasst hatte und sich der Dreitagebart nicht mehr so hart von dem erbleichten Gesicht abhob. Schließlich sagte er schulterzuckend: »Nun ja, früher oder später …«

Allmen stellte die erste Frage, die ihm einfiel: »Was haben Sie mit Sebastian Stöckli zu tun?«

»Dastar? Dastar ist mein Mann. Er arbeitet für mich.«

Allmen spürte, dass diesmal er es war, der die Farbe wechselte.

Krähenbühler lächelte. »Mir hättest du das Zeug ja nicht verkauft, oder?«

Sein erster Impuls war, sich auf ihn zu stürzen. Aber er hatte gelernt, in solchen Situationen dem zweiten zu folgen. Und der war, ihn aus tiefstem Herzen zu verachten.

So kalt wie er nur konnte, befahl er: »Holen Sie mir Ihren Boss. Ich verhandle nicht mit Subalternen.« Er wandte sich wieder der Vitrine zu und studierte mit verschränkten Armen die Figurinen.

Er hörte, wie sich die Tür öffnete und wieder schloss. Er nahm an, Krähenbühler sei gegangen, und drehte sich um.

Doch er stand noch immer da. Aber eine weitere Person kam von der Tür auf Allmen zu, legte Krähenbühler im Vorbeigehen die Hand auf den Nacken und sagte zu ihm: »Ich glaube, du solltest uns einen Moment alleine lassen, Bill.«

Es war Jasmin.

25

Sie begrüßte ihn mit einem flüchtigen Kuss auf die Wange, schob sich an ihm vorbei und setzte sich auf den einzelnen Stuhl auf der Verkäuferseite.

»Setz dich doch, John.« Ihre Hand wies auf einen der drei Stühle ihr gegenüber.

Allmen gehorchte wie betäubt.

Jasmin lächelte ihn aufmunternd an. »Du hast bestimmt Fragen.«

Allmen nickte. Aber er brauchte eine ganze Weile, bis er seine erste Frage herausbrachte. »Was hast du mit Krähenbühler zu tun?«

»Bill? Bill arbeitet für mich.«

»Ich dachte, für diese SS&T?«

Jasmin blickte ihn nachsichtig an. »Das ist dasselbe.«

»SS&T gehört dir?«

»Klar. Sterner Söhne und Tochter. SS&T. Ich führe die Familientradition fort.«

Allmen ließ das auf sich wirken. Dann nickte er schwer und sagte: »Dein Großvater hatte recht. Weißt du, was er zu mir über Krähenbühler gesagt hat: ›Nehmen Sie sich in Acht vor dem.‹«

»Bill ist sehr nützlich.«

»Wie ich«, stellte Allmen trocken fest. »Und was sagt Cognatus Reimund dazu?«

Jasmin hob die Schultern und ließ sie fallen. »Onkel Reimund und ich, wir haben uns ein bisschen ... nun ja – auseinandergelebt.«

In Allmens Kopf drehte sich alles. Er presste die rechte Hand gegen die Augen und versuchte, sich zu konzentrieren.

Jasmin wartete geduldig.

»Dann hat mir also Stöckli die Porzellane letztlich in deinem Auftrag abgekauft.«

»So ist es. Dastar spielte den Hehler. Du konntest sie ja nur schwarz verkaufen. Bei mir wurden sie wieder weiß. Jetzt haben sie wieder eine Herkunft. Sie stammen aus dem Nachlass meines Großvaters. Sie erzielen jetzt Marktpreise.«

Wieder hielt Allmen die Hand über die Augen und dachte angestrengt nach.

»Und warum hast du uns mehr bezahlt als Boeni?«

»Lockpreise. Für mich spielte der Preis keine Rolle. Du gabst mir ja das Geld zurück. Und die zehn Prozent Kommission, die gönne ich dir.«

Diesmal war es ihre Unverfrorenheit, die ihm die Sprache raubte.

»Aber weshalb hast du mich nicht einfach um die Stücke gebeten? Ich hätte sie dir doch gegeben.«

»Auch die, die offiziell gar nicht existieren?«

Allmen zögerte mit der Antwort.

Sie fuhr fort: »Nein, das hättest du nicht. Sonst hättest du sie mir nicht verheimlicht. Du wolltest mich vor ihrem Anblick schützen. Wie Onkel Reimund. Wie alle. Und ich *musste* sie haben. Es sind die heißesten Stücke.« Sie sagte es, ohne zu erröten.

»Weißt du, dass im Rokoko die Sitten so locker waren, dass die Frauen nicht mehr erröten konnten? Selbst junge unschuldige Mädchen hatten schon so viel gehört und gesehen, dass sie diese Fähigkeit verloren hatten. Aber um wenigstens den Anschein von tugendhaft und unschuldig zu erwecken, benutzten sie mit einer starken Essenz getränkte Taschentücher, die *mouchoirs de Venus*. Wenn sie sie an die Nase führten, schoss ihnen das Blut in die

Wangen. Vielleicht solltest du dir das Rezept geben lassen.«

Jasmin lachte auf. »Ich brauche nicht mehr zu erröten, ich wohne nicht mehr im Dagmarinäum.«

»Seit wann?«

»Seit ich finanziell unabhängig bin und kein Doppelleben mehr führen muss.«

Er sah sie überrascht an. Sie trug einen marineblauen Businessanzug und eine weiße Bluse, die einem Herrenhemd glich. Ihr Haar war streng nach hinten gekämmt und zu einer Banane hochgesteckt. Er suchte vergeblich nach der Kindlichkeit in ihren Zügen.

»Und was sagen Cognatus Reimund und die Gemeinde dazu?«

»Der Cognatus und die Gemeinde können mich mal.«

Sie sah ihm herausfordernd in die Augen.

»Wie hast du von den …«, er suchte nach einem Adjektiv und wählte das, das sie benutzt hatte, »… *heißen* Porzellanen erfahren?«

»Ich habe die Scherben von der Gruppe zusammengesetzt, die mein Großvater zerschmettert hat. Gar nicht so einfach.«

»Und woher hattest du die Scherben?«

»Irmela. Sie ist verknallt in mich.«

Allmen schwieg. Vielleicht etwas betroffen. Denn Jasmin fragte:

»Eifersüchtig?«

Er blieb sachlich. »Wenn du mich eingeweiht hättest …«

»In was?«, unterbrach sie ihn.

»In dein Doppelleben. Wenn du mich eingeweiht und mir erzählt hättest, dass du über die heißen Porzellane Bescheid weißt, ich hätte sie dir gegeben.«

»Ich habe dir nicht getraut.«

Sie griff in eine Seitentasche ihres Jacketts, zog ein Smartphone heraus, tippte kurz darauf herum und reichte es ihm.

Es lief ein Zusammenschnitt aus mehreren Sequenzen, die ihn und Carlos im Lagerraum zeigten, wie sie mehrere Porzellane sorgfältig einpackten, in Allmens Köfferchen verstauten und er mit diesem den Raum verließ.

»Da gab es Kameras?«, rutschte es Allmen heraus.

Sie kicherte. »Als Bewegungsmelder getarnte, sagt Bill.«

»Aber die Stücke waren ja nur geliehen. Du hast sie längst wieder«, sagte Allmen zerknirscht.

»Als mir Bill dieses Video zeigte, hatte ich sie noch nicht.«

Dem hatte Allmen nichts entgegenzusetzen.

»Du hast mal zu mir gesagt: ›Ein bisschen lügen darf man.‹« Es klang ein wenig trotzig. Ein wenig von der Kindlichkeit war zurückgekehrt.

»Aber das war mehr als nur ein bisschen lügen«, wandte er ein.

»Ach ja? Möglich. Ich bin noch neu auf diesem Gebiet.«

So schnippisch hatte er sie noch nie gehört.

»So neu nun auch wieder nicht.«

Sie lachte versöhnlich. »Nein, da hast du recht. So neu nicht.«

Allmen gelang nun auch ein schwaches Lachen. Dann fragte er: »Sag, der Champagner im Kioto, war das wirklich dein erster Alkohol?«

Sie schüttelte den Kopf. »Nicht einmal mein erster Champagner.«

Allmen erhob sich von seinem Stuhl.

Jasmin hielt ihn am Arm zurück. »Eine Frage noch: Habe ich jetzt alle?«

Er zögerte kurz. Dann antwortete er: »Fast.« Und nach einer Pause: »Die restlichen kann ich dir ja jetzt direkt übergeben.«

»Ach, schade. Ich habe unsere Treffen gemocht. Lass uns doch die Tradition wahren. Le Château? Morgen Abend?«

Er zögerte erneut.

Jasmin schenkte ihm ein verführerisches Lächeln,

griff nach der Porzellangruppe mit den drei Schäfchen und der Hirtin und hob ihr den Strohhut vom
Schoß.

»Auch nicht im Namen der Kunst?«

Martin Suter im Diogenes Verlag

Allmen und die Libellen

Roman

Allmen, eleganter Lebemann und Feingeist, ist über die Jahre finanziell in die Bredouille geraten. Fünf zauberhafte Jugendstil-Schalen bringen ihn und sein Faktotum Carlos auf eine Geschäftsidee: eine Firma für die Wiederbeschaffung von schönen Dingen.

»Jeder meiner Romane ist eine Hommage an eine literarische Gattung. Dieser ist eine an den Serienkrimi, Fortsetzung folgt.« *Martin Suter*

Auch als Diogenes Hörbuch erschienen, gelesen von Gert Heidenreich

Allmen und der rosa Diamant

Roman

Ein äußerst wertvoller rosa Diamant ist verschwunden und ebenso ein mysteriöser Russe mit Wohnsitz in der Schweiz, der verdächtigt wird, ihn entwendet zu haben. Das Duo Allmen/Carlos soll ihn ausfindig machen. Die Spur führt von London über diverse schäbige Zürcher Außenquartiere zu einem Grandhotel im deutschen Ostseebad Heiligendamm und zurück zum Gärtnerhaus der Villa Schwarzacker. Wo es bald sehr ungemütlich wird…

»Suter schreibt so lässig und ironisch elegant, wie Allmen lebt. Johann Friedrich von Allmen ist kein gewöhnlicher Detektiv, aber ein echter Suter-Held.«
Martin Halter/Tages-Anzeiger, Zürich

Auch als Diogenes Hörbuch erschienen, gelesen von Gert Heidenreich

Allmen und die Dahlien

Roman

Ein Dahliengemälde von Henri Fantin-Latour, einige Millionen wert, wurde entwendet. Die steinreiche alte Dame, der es gehörte, Dalia Gutbauer, hat ein auffallend emotionales Verhältnis zu diesem Bild. Johann Friedrich von Allmen soll es wiederbeschaffen – um jeden Preis. Fall Nummer drei führt ihn und Carlos in das Labyrinth eines heruntergekommenen Luxushotels. Und damit in die Welt der Reichen und Schönen – umschwirrt von all denen, die auch dazugehören wollen.

»Kaum kreiert, ist Martin Suters Ermittlerduo schon Kult.« *Dagmar Kaindl / News, Wien*

Auch als Diogenes Hörbuch erschienen,
gelesen von Gert Heidenreich

Allmen und die verschwundene María

Roman

Die Geschichte um das wertvolle Dahlienbild erreicht einen neuen Höhepunkt: Carlos zittert um die entführte María Moreno und bringt Allmen dazu, Dinge zu tun, die dieser sich nie hätte träumen lassen. Ein raffinierter Krimi voller Action und Spannung.

»Die Reihe um den stilvoll darbenden Kunstkenner gehört zum Besten in der deutschsprachigen Krimiszene.« *Jobst-Ulrich Brand / Focus, München*

»Kult!« *Brigitte, Hamburg*

Auch als Diogenes Hörbuch erschienen,
gelesen von Gert Heidenreich

Martin Suter im Diogenes Verlag

»Martin Suter erreicht mit seinen Romanen ein Riesenpublikum.«
Wolfgang Höbel / Der Spiegel, Hamburg

Die Romane:

Small World
Auch als Diogenes Hörbuch

Die dunkle Seite des Mondes
Auch als Diogenes Hörbuch

Ein perfekter Freund

Lila, Lila
Auch als Diogenes Hörbuch

Der Teufel von Mailand
Auch als Diogenes Hörbuch

Der letzte Weynfeldt
Auch als Diogenes Hörbuch

Der Koch
Auch als Diogenes Hörbuch

Die Zeit, die Zeit
Auch als Diogenes Hörbuch

Montecristo
Auch als Diogenes Hörbuch

Elefant
Auch als Diogenes Hörbuch

Die *Allmen*-Krimiserie:

Allmen und die Libellen
Roman
Auch als Diogenes Hörbuch

Allmen und der rosa Diamant
Roman
Auch als Diogenes Hörbuch

Allmen und die Dahlien
Roman
Auch als Diogenes Hörbuch

Allmen und die verschwundene María
Roman
Auch als Diogenes Hörbuch

Außerdem erschienen:

Richtig leben mit Geri Weibel
Sämtliche Folgen

Business Class
Geschichten aus der Welt des Managements

Business Class
Neue Geschichten aus der Welt des Managements

Huber spannt aus
und andere Geschichten aus der Business Class

Unter Freunden
und andere Geschichten aus der Business Class

Das Bonus-Geheimnis
und andere Geschichten aus der Business Class

Abschalten
Die Business Class macht Ferien

Alles im Griff
Eine Business Soap
Auch als Diogenes Hörbuch

Cheers
Ferien mit der Business Class
Auch als Diogenes Hörbuch

Business Class
Geschichten aus der Welt des Managements
Diogenes Hörbuch, 1 CD, live gelesen von Martin Suter